岩波現代文庫／文芸 192

湖の南

大津事件異聞

富岡多恵子

JN264519

岩波書店

目　次

1

浜大津の駅で「近江八景展」のポスターを見かけた時、その「近江八景」という文字から『ビワ湖八景』という本を思い出した。それはドイツ語の本で、手にしたのは三十五、六年前であるが、ドイツ語は読めないので、最初のページに近江八景として知られる八ツの地名が並んでいるところから、おそらく「近江八景」について書かれたものらしいと思っていた。その本の一部を日本語で読んだのは、その時から十五年くらい経ってからである。

琵琶湖の最南、湖が川になるそのきわの「京阪石山」駅から、湖にそうように西側を北上して比叡山の登り口「坂本」駅までの間を京阪石山坂本線が走っている。その線のほぼまん中「浜大津」駅から京都、大阪に行ける。というより、京阪電車は京都大阪間が本線。「三井寺《みいでら》」駅は、その「浜大津」からひとつ「坂本」寄りの駅であるが、「浜大津」と「三井寺」の間は五、六百メートルだから、すぐである。三井寺(園《おん》城《じょう》寺《じ》)へは、その「三井寺」駅で降り、そばの、両側が桜並木の琵琶湖疏水ぞいに、舗装されたゆるい三百メートルばかりの坂道を登っていく。以前、ここがはじめてという知り合いを案内した時、「どうして、水の流れが高い山の方に向っていくのか」と不思議そうにたずねたことがあった。昔は京都の蹴《け》上《あげ》まで舟が通っていた。

三井寺の本堂の方へは、疏水ぞいの道を登った突き当りを右へ行くのだが、左の道をしばらくゆくと、百四十五段あるという急な石段があり、そこを登り切ると三井寺観音堂の前に出る。そこの前庭からは琵琶湖と対岸の景色が一望できる。湖寄りの隅に「観月台」と称する屋根つきの四角い能舞台のごときものがあって、その中へ入ることはできないが、湖水の俯瞰はもちろん、名の通り湖上の月を眺めるのに最高の場所だっただろうと思われる。『ビワ湖八景』の作者、マックス・ダウテンダイもこの観音堂前から湖の景色を見て感嘆した。そのダウテンダイが『ビワ湖八景』の八ツの物語のうちのひとつ「粟津《あわづ》の晴嵐」に主人公とした男のモデル、対岸の守山署勤務だった巡査も、現実にその巡査がサーベルで斬りつけて傷を負わせた当時のロシア皇太子も、三人ながらに同じ場所から湖を見ている。「近江八景展」のポスターから、次々にここまで思いが走った。

『ビワ湖八景』なるドイツ語の本をもらった時、その本についても作者ダウテンダイについてもなにも知らなかった。本の表紙に湖水の一部とその向うに富士山のような山が描かれていた。今思えば、それは三井寺観音堂前から眺める琵琶湖と三上山(近江富士)だった。しかし中身を読めないのだから、その後十五年くらい本はホコリをかむったまま本棚の片隅に放っておかれていた。それを一部とはいえ日本語で読めたのはまったくの偶然からだった。

それまでずっと神戸に住んでいた伯父が、戦災で家を失い、敗戦後は京都で職を得て移り住んでいた。その伯父が京都にきて十年ほどしてやっと落着いた時、過労がたたって五十代のなかばで急死した。それでそのつれあいが隣家の古い学生下宿を買いとり、小さな簡易旅館をはじめた。ところが数年すると、外国、ことにヨーロッパからの質素な学生の旅行者の口コミによるらしかったが、とぎれることなく次々にかれらがやってきて、外国人簡易旅館のようになっていった。つまり、部屋の狭いのを我慢すれば、宿泊代がきわめて安い上に、タタミにフトンで寝て、簡単な日本式の朝食がつく(イギリスにあるB&Bの日本版?)ので、金はないが日本を体験したい学生に受けたのである。もちろん伯母は外国語はいっさい知らないから、相手がナニジンであれ、すべて日本語で対応した。フスマは静かに閉めよ、階段の上り下りに音をたてるな、ゴハンも味噌汁もおかわりはできない、等々の注意、文句もすべて日本語だった。また泊り客の名も、すべて伯母が聞いたままに呼んだ。ロベールなら呂兵衛という具合で、なにによらず、お客たる西洋人に合わせるのでなく、旅館の、というより伯母の流儀に合わせてもらうのであるが、それは主義主張あってのことではない。彼女はたしか明治三十二、三年の生れで、学校へ通ったのは当時の義務教育であった四年間だけだと話していた。

その伯母に頼まれて、夏休みの忙しい時期に手伝いにいったことがあった。その時の客のひとりが『ビワ湖八景』をくれたのだった。おそらく、少しでも荷物を軽くしたいために、読んでしまった本を宿に置いていく置土産だろうと、もらった方は思っていた。その伯母——伯父のつれあいである彼女と血のつながりはないが、親類の子のなかでは、子供のない伯母からわたしはなぜか気に入られ、その代償として、時折ではあるが手伝いの招集がかかるのだった。伯母に比べれば英語のカタコトぐらいはわかったが、どうしても必要な時のほかは、伯母に合わせて外国語を使わぬところも、気に入られている理由のひとつかもしれなかった。都大路から脇に入った狭い通りの、しもた屋の並ぶところとはいえ京都のまん中にあって、伯母はむしろ外国人に対してよりも京都人に対して「つきあいにくさ」を感じているようなところがあり、なにかあると、そのことをよく嘆いていた。京都に住んでいるからこそ旅行者あての簡易旅館、安い外国人宿という商売も成り立っているのに、「なんで、こんな京都みたいなとこへ、外国から若い子がぎょうさんくるのかわからん」ともいうのだった。

その伯母の宿の客からもらったドイツ語の本のことを、ほとんど忘れていたころ、当時は東京都下の辺鄙なところにいたのだが、隣の古い家がこわされ、その跡地に三軒つづきのモダンな長屋が新築された。わたしの住んでいた家に接する棟に入居した女性が、当時でもすでに珍らしい習慣となっていた近所の顔つなぎの挨拶に、半紙に包んだ布巾二枚を手にしてあらわれた。「半紙に包んだ布巾」から、だいたい同世代か、ひょっとしたら少し上の世代ではないかとにらんだが、近くにある女子大学で春からドイツ語の教師をするのでと、その隣人はいった。ドイツ語関係のひととはそれまでまったく縁がなかったので、ドイツ語と聞いただけで、伯母のところでもらったドイツ語の本を思い出し、そのことを、初対面の隣人に告げてしまった。彼女は商売柄か、その本に興味を示したので、例の本をとり出してきて、ホコリを払いつつ玄関で彼女に見せた。

本をもらった時、贈り主がタイトルの意味は英語でなら「ビワ湖の八ツの風景」だと教えてくれていたので、『ビワ湖八景』だとはわかっていたが、それはおそらく「近江八景」のことだろうと思っていた。「近江」より「ビワ湖」の方が外国人にはわかりやすい。ともあれ、その本の中身が紀行文なら、琵琶湖周辺の風景があくまでも美しく描かれているのだろうと思っていた。

「これは、近江八景の紀行文ではなくて、八ツの愛の物語なんです」と本を手にとった隣人はこともなげにいった。「愛の物語なんですか――」といかにもがっかりした声を出してしまい、初対面で無礼だったと大いに後悔しつつも、『蝶々夫人』や『お菊さん』を勝手に想像して、読みたいという気持がなんだか急に萎えていくように思えたのだった。

「天にみつ　大和を置きて　あをによし　奈良山を越え　いかさまに　思ほしめせか　あまざかる　鄙にはあれど　いはばしる　近江の国の　楽浪の　大津の宮に――」

大昔からずうっと都のあった大和をすておいて、どうしてまた、奈良山を越えてまで、こんなイナカの近江に都をお遷しになったのでしょうか――。こうして来てみると、このあたりだと聞いているのに、大津の宮は跡かたもなく、草が繁り、春霞がたなびいているばかり――と、遷都から二十年ほどして近江を通り過ぎる詩人を嘆かせた、荒れたる旧都・近江大津京。大津京といっても現在の大津より北の錦織地区にあったそうで、それは千三百年以上も前のことなのに、こんな人麿の歌を今も諳んじているのは、高校の時に暗誦させられたおかげで、「楽浪」の講釈とともに、同じ時の歌だという次の三首も覚えていた。

楽浪《ささなみ》の　志賀の唐崎《からさき》　幸《さき》くあれど
　大宮人の　舟待ちかねつ
楽浪《ささなみ》の　志賀の大わだ　淀むとも
　昔の人に　またも逢はめやも
近江の海　夕浪千鳥　汝が鳴けば
　心もしのに　古《いにしへ》　思ほゆ

「楽浪」はサザナミでなくササナミと読むとくり返したのは、まだ三十歳くらいの若い教師だった。「神楽声浪《ささなみ》の志賀」と書いた歌が万葉集にはあり、「楽浪」は「神楽声浪」の省略、おそらく神楽での囃子の声がササだったので、その声からササと読んだと教師はいったのだったが、高校生には思いがけない説明だった。

今思えば、こういう歌の向う側、というより歌に接して、当時の現実、当時の政治状況があったはずで、今時風にいえば、東アジアは緊張関係にあり、朝鮮半島の高句麗、新羅、百済の三国と唐の間でたえずいざこざがあって、唐と新羅の連合軍が百済を攻め、百済の首都は陥落。百済はヤマトに救援を乞い、ヤマトは援軍を送るべく難波津から船団を出す。といっても、ミサイルとやらが飛ぶ時代でなく、今から見れば悠長というか、船団のなかの船には天皇、皇太子(中大兄皇子)、皇太子の弟(大海人皇子)はじめ、当時の政治中枢にいる重要人物たちが乗っており、さらに臨月の皇女まで乗っている。その皇女、大海人皇子の妃である大田皇女が出発二日後に大伯の海(岡山県邑久郡沖)で女児(大伯皇女)を出産。一方、高齢の天皇(斉明女帝)の体調悪く、四国伊予の道後温泉で療養、一月に難波の津を出てほとんど三ヶ月かけて那の大津(博多港)に着き、その四ヶ月後には老いたる女帝が九州で亡くなる。その翌年には大田皇女はまたも男児を出産(この子はのちの悲劇的に殺される大津皇子)。同じ年、大海人のもうひとりの妃、鸕野讃良《うののさらら》皇女(のちの持統天皇)が男児(草壁皇子)出産。その翌年中大兄の指揮で大軍をしたがえ海を渡る――というような、なにかハラハラする出兵。百済を救援にいったのはいいが、ヤマト軍は白村江で唐に大敗、そのあと九州に防人を置くやら水城をつくるやらして外敵の侵入警戒におおわらわ。こういう外のゴタゴタと内にもゴタゴタがあってヤマトからオウミに都を遷したのだと学校で習い、またたいていの、ものの本には書いてあった。そしてまた、敗けた百済からはヒトもどっとオウミの湖の西にやってきたとも書いてあった。ただし、ヤマト内外のゴタゴタの真相(?)は学校の「日本史」の時間に習ったぐらいではよくわからない。それなのに、「国語」の時間に教わった歌だけは不思議と覚えている。

船団の船には、あの額田王も乗っている。彼女はかつては中大兄皇子とも大海人皇子とも関係しているが、当時すでに中年で、潮の流れもいいようです、さあ、船を出すなら今ですよ、と熟田津《にきたつ》で船出を待っていた船団によびかける女詩人。じつは彼女は天皇のコトバを代りに発している詩人だなんて、ずっとあとで知ったのだが――。額田王といえば、「あかねさす　紫野行き　標野行き　野守は見ずや　君が袖振る」も暗誦強制のおかげで口をついて出てくる。舞台は琵琶湖の東側、旧蒲生郡、今の安土町南部、近江八幡市東南部、旧八日市市西部に「蒲生野」に関連する地名がある。蒲生野は軍事教練をするところだったともいわれるが、時はオウミに都を遷してから一年余たった頃。表向きは、薬草採りをかねた行楽での天皇をまじえた宴の歌のやりとり――紫草が一面の野で、そんなに袖を振って、お気持をあらわになさっては、野守が見ているではございませんか、などと、観客(?)もまじえていっしょに楽しんだ、恋のサヤアテごっこの遊びの歌だともいうが、はたしてそうなのか――。この四年後には壬申の乱。

「国語」の時間に習った歌と「日本史」の時間に習った政治がバラバラで重ならないまま過ぎてきたが、詩や歌はすぐれていると現実の政治状況から離れて自立してしまうのだろうか。十代の若い時だから昔の歌が覚えられたのか、やはり五と七の韻律だから覚えやすかったのか、先生の暗誦の強制が効いたのか、それとも歌の叙情が政治や現実を隠してしまうのだろうか。夕方、湖岸の遊歩道から湖水を眺める時、「夕浪千鳥」には出会わないが、水に浮いたり、もぐったりするカイツブリを見ることがある。大きな湖がひろがり、その上にさらに大きな空がひろがり、日没のあと、しばらく思いがけぬほど明るい朱鷺色やモモ色に雲が染まる時、歌を詠まぬ者はぼんやりと沈黙してたたずんでいるだけで、沈黙のなかで、クニの命運を考えているわけでもなく、なにかに謀反を企てているはずもない――。

2

京都から大津へ人力車でやってきたダウテンダイなるドイツ人の作家が、三井寺観音堂前から湖を見はるかして、その景色に感嘆したのは、明治三十九年(一九〇六)、日露戦争で日本が「勝利」した翌年の春である。当時の大国ロシアと戦争した日本は、国家として近代化をはじめて日も浅い極東の小国である。

『ビワ湖八景』に収められた八篇の物語の、最初の「矢橋《やばせ》の帰帆」にはマクラから「日露戦争の勃発する以前」の話が出てき、二ツ目の「唐崎の夜雨」の主人公は日露戦争で名誉の戦死をしたことになっている。八篇の物語のうち、前半の四篇を、隣人であったドイツ語教師が自身の試訳だといってコピーをくれたのだった。彼女自身の説明によると、二十代の終りにドイツに留学していた時、街の書店でその本に出会い、出所が近江八幡なので一種の「郷愁」からニホン語にしようとしたが、そのうち大学での勉強が忙しくなり、結局は前半だけの尻切れトンボのまま何年も放ってあったところ、隣人(つまりわたし)から突然その原本を見せられて驚いたというのである。だからといって、隣人のために残り半分をホンヤクするほどの親切も熱意も時間もありませんがと笑いつつ、翻訳のために調べたらしい作者の略歴と、幼年時代のことが記された短いエッセイの日本語訳もいっしょに、前半四篇の日本語訳のコピーをくれたのだった。おそらく彼女自身の「青春」の残滓に興味を失っていたのだろう。それらはひとまとめにして大きな茶封筒に入っていたが、茶封筒もコピーの文字もかなり変色していた。

それら四篇の物語を読んでいくと、四ツ目の「粟津の晴嵐」にもロシア人が出てきた。後半の四篇はわからないが、前半四篇のうち三篇にまでロシアとロシア人が出てくるのは、作者がドイツ人なのにどうしてだろうと思っていた。大国ロシアが小国日本にやられたというのが、当時のヨーロッパ人にはよほどの異変だったゆえか、それともショックだったせいなのか。

ことに、四ツ目の「粟津の晴嵐」(ドイツ語の本ではアワヅでなくアマヅとなっていたが)のロシア人はただのロシア人ではない。ダウテンダイより十五年前に来日した、当時二十二歳(日本旅行中二十三歳に)のロシア皇太子ニコライである。しかも、そのロシア皇太子にサーベルで斬りかかり傷を負わせた巡査が、物語では体操教師オオミヤとして登場している。ダウテンダイははるかなる東洋ニホンで起ったその事件にかなり興味をもっていたのだろうが、その物語は隣人のドイツ語教師が最初にもらした「愛の物語」というのか、ひとりの女をはさんでの、ふたりの体操教師の、案の定、「愛の三角形」で、おおよそ次のようなハナシだった。

――オオミヤとアマガタというふたりの大津の体操教師が、粟津から生徒を数人ずつ舟に乗せて、琵琶湖のほぼまん中に出た。真夏のよく晴れた日に粟津から風が吹くと、そのほんのわずかの間、湖上には美しい蜃気楼が現われ、それを見た者は、湖上なのにその美しい景色のなかを歩けるのだと湖岸のひとびとに信じられている。ただし、ひとたび風がおさまると、湖上を歩くひとは、普通の溺死者より深く湖底までひきずりこまれて、その死骸は隕石のように固く黒くなり、彫像のように立っているのだといわれている。

ところで、湖上のふたりの体操教師と生徒たちの前に、緑の草地と満開の桜が出現し、そのまわりで数人の子供らが手をたたいて遊んでいた。生徒たちはそれを見ると舟からとび出して子供らの輪に入っていった。ふたりの教師がそれをとめようと大声で叫んだが、風のやむ方が早く、生徒らは全員湖底に消えていた。

栗津から大津に戻った教師のひとりアマガタは翌朝、自宅で死んでいた。もうひとりの教師オオミヤは学校をやめて巡査になった。

巡査になったオオミヤは栗津から妻にする女をつれてきた。彼女は男の子を産んだが、その子は大きくなるにつれ、アマガタそっくりになってゆく。オオミヤは酒におぼれ、家庭をかえりみなくなっていった。

そのころ日本を旅行していたロシア皇太子が、人力車で京都から三井寺にやってきた。三井寺から大津にくる皇太子をひと目見ようと通りにひとがひしめくなか、オオミヤ巡査は黒い制服の腰にサーベルをさげ、大津の町かどに警護のため立っていた。皇太子一行が通りかかった時、オオミヤはサーベルを抜き、皇太子に斬りかかった。ロシアの軍服を着た男たちがオオミヤをとりおさえ、大混乱となった。

オオミヤは捕えられたが拘置所から脱走、小舟で湖上を逃げたといわれた。また「栗津の風」がオオミヤを湖中にひきずりこんだとの噂もあった。

事件から数日後、妻がカマドのそばで米をといでいると、往来から石が飛んできて釜のなかに入った。外を見ると、ボロをまとい、藁の束を頭からかぶった男が歩いていた。妻は夫だと直感し、釜のなかの石を洗うと、小さな文字がびっしりと刻まれ、以下のようなことが書いてあった。

「湖で生徒が溺死したのは、あの時アマガタとおれ(オオミヤ)のどちらがお前を自分の女にするかいい争ううちに、双方が相手の舟をひっくり返したからだ。泳げぬおれは溺れかけて、お前のことは諦めるといったので、アマガタは背中におれを乗せて岸まで何時間も泳いでくれた。それで助かったのだ。大津に帰ると「粟津の風」の話を大げさにいいふらしたので、生徒らがそのせいで死んだとみな信じた。泳ぎ着いた大津の浜で、ふたりとも疲れはてて思わずねむりこんだ時、アマガタがねぼけて、お前を誘惑したことを喋った。おれはアマガタをその夜絞め殺した。アマガタとの戦いは、あの男の息子をこの世から消してしまわぬうちは終らない。お前のためにおれがあいつを殺したように、お前も息子を殺すのだ。ロシア皇太子を、傷を負わせただけで殺しぞこねた。もし殺していたら、お国へのご奉公ということで、アマガタ殺し、生徒殺しの汚名は雪がれていたのに残念だ。」

さらにその日、濡れた帆布でくるんだ硬直した息子の死体が、家の前においてあった。その夜、逃亡すべく妻をつれ出しにきたオオミヤに、アマガタとの愛の形見に息子を産み育てたのだと妻が告白。次の朝、息子の溺死体のかたわらに首を絞められたオオミヤの妻が倒れていたが、オオミヤは見つからず、いまだに罰せられていない――で物語は終っている。

「粟津」という駅も京阪石山坂本線にある。浜大津の方から行くと「京阪石山」の一ツ手前で、そのあたりを電車が通る時、湖側を見ると大きな工場ばかりが目に入り、なにが「粟津の晴嵐」だという気にさせられる。しかも、そのいくつかの工場を含む、そのあたりの地域の現在の名は「晴嵐」。ただし昔は、瀬田川の河口にあるため水運上は重要な場所で、今の近江大橋のそばにあった膳所《ぜぜ》城のあたりからの湖ぞいに家もなく、晴れわたる日の「粟津原」の美しさが、近江八景のひとつにえらばれたのだろう。

「近江八景展」には、広重の版画や、明治の画家の絵や屛風が展示されていたが、「粟津晴嵐」には膳所城が描かれているものが多かった。広重の魚栄版近江八景の「粟津晴嵐」も、遠方の膳所城から続く松並木の湖岸の道が描かれている。それが今、膳所・晴嵐の道という湖ぞいの遊歩道となっており、そのまま瀬田川の方へ下ってゆくと瀬田の唐橋だ。この橋は古代からあり、壬申の乱でも戦国時代のイクサでも重要な橋だったが、近江八景のひとつ「瀬田夕照」になっている。ところがこのあたり、今は湖の方から見て東海道本線鉄橋、国道一号線の瀬田川大橋、瀬田唐橋(絵にあるような木の橋でなく、もちろんコンクリートづくり)、東海道新幹線鉄橋、名神高速道路等が瀬田川に並んでかかっていて、とても「夕照」どころではない。そればかりか、瀬田川西岸ぞいの国道四二二号線へ続く国道一六一号線をクルマ、大型トラックがとぎれることなくスピードを出して走っており、瀬田川の流れを眺めつつ、ゆったりと石山寺まで歩くことはむつかしい。

「近江八景展」のポスターで『ビワ湖八景』という本とその一部を読んだことを思い出し、その展覧会にもいってみたのだったが、「八景」のうちの訪れたことのあるいくつかを思い出しただけでも、当然のこととはいえ、あまりにも昔の絵とは異っていて、様変りが激しい。それに、「近江八景」は今のひとにとって特別な名所ではなくなっている。

それにしても、ダウテンダイの『ビワ湖八景』の四ツ目「粟津の晴嵐」に出てきた体操教師たちの話は、翻訳者のいった通り、いかにもの「愛の三角形」――たしかに「愛の物語」だった。あの翻訳のコピーをくれたドイツ語教師は一年ほどしてどこかに引越したらしくいなくなり、どういうひとかよく知らずじまいだったが、手元にあの茶封筒は残っていた。「近江八景展」を見たあと、その茶封筒に入っていたダウテンダイの短いいくつかのエッセイをとり出して読んでみた。

それらによると、ダウテンダイの父親は写真の技師で、ドイツ人であるがロシアのペテルスブルクで暮していた。その地で二度結婚した相手はいずれもペテルスブルク生れのドイツ人。二十年ほどのロシア生活を切りあげ、故郷のヴュルツブルクに戻って三年目に八人目の子供として生れたのが、マックス（『ビワ湖八景』の作者）だった。子供のなかでドイツで生れたのはマックスだけで、両親も、姉たちも、使用人に聞かれて困ることや、女の子だけのヒミツに関する話になるとロシア語で喋った。ロシアを思い出させるものが家のなかのどこかしこにあり、父親の趣味だった狩猟のロシア式猟銃や猟道具、家具やサモワール、それにロシアの家庭の習慣も残っていた。末っ子のマックスにはロシア服を着せて幼稚園に通わせ、両親はロシアをなつかしむ。マックスはロシア人の血は一滴も流れていないのに、自分がドイツ人だと自覚するのにかなり年月がかかったという。

ロシア服を着せられたマックスは、変った子としてまわりの子供たちのなかで「浮いて」いた。家のなかでも、ロシア育ちの姉たちとは育ちがちがうためか孤立する。それにマックスには夢想癖があり、子供なのにひとりになりたがる。ところが父親は息子のこういう軟弱な夢想癖を悪徳のごとく憎み、それを鍛え直そうと、冬の寒い日でも毎朝、マックスには拷問のように感じられる冷水シャワーを浴せた。また学校の成績が悪いと父親の体罰がこわくて、幼い日に汽車に乗って家出を試みたこともあった由。

ダウテンダイの故郷、ヴュルツブルクはドイツ中南部にあって、レントゲンがエックス線を発見できたのは、その研究所がヴュルツブルクにあったからで、それは「ヴュルツブルクの陽光」が特別すばらしく、他の町にいたら発見できなかったと、その風土をマックスは自慢し、春になると灌木の花が咲き乱れるのは、やはりこの町出身のシーボルトが日本から花木をもって帰ってきたおかげだとも書いていた——。

ところで略歴によるとこのダウテンダイ、若いころは詩を書き、旅を好み、ベルリン、スエーデン、ミュンヘン、ロンドン、パリ等に放浪。父親が死んだ二十九歳の時にストックホルムの金持の娘と結婚して、次の年からニューヨーク、メキシコ旅行。三十八歳の年にはひとりで世界一周の旅に出、エジプト、インド、中国、日本、ハワイ、アメリカをまわり、ロンドン経由で翌年帰国。日本にきたのはこの時で、明治三十九年(一九〇六)四月二十三日から五月二十日までの約四週間。この世界旅行には旅行記『翼のある大地』を書き、ここでもその四分の一に日本のことを書いたが、若いころから東洋にはかなり関心が強かったそうで、この時の日本旅行から『ビワ湖八景』なる八ツの物語を書いた。

ドイツ人作家ダウテンダイがロシアに強い関心をもつ理由が、そのエッセイを読んでやっとわかったのだったが、「粟津の晴嵐」にはどうして主人公オオミヤがロシア皇太子に斬りつけたのか動機も理由も書いていなかった。しかも、もし斬りつけただけでなく皇太子を殺していたら「お国へのご奉公」とのことで他の殺人は帳消しになるといわせていた。もう一度コピーをとり出して「粟津の晴嵐」を読みかえすと、こんなところがあった――。

「(事件の)ニュースはひとの口から口へ、家から家へ、琵琶湖の岸から岸へ、日本の町から村へ、ロシアへ、ヨーロッパへと伝わった。皇太子ニコライが琵琶湖の大津で日本人巡査に襲われ、短剣で腕に軽い刺傷を負ったという驚くべきニュースが――。日本の巡査が突然錯乱し、狂乱状態で犯行に及んだと、事件は解説された。」

ダウテンダイはニュースで、ロシア皇太子が「突然錯乱し、狂乱状態」の日本人巡査に襲われ、「短剣で腕に軽い刺傷を負った」と聞いたのだろうか。はたしてそれはホントなのか。それとも、意識的にか恣意的にか、「物語」のなかにその時の報道と異ることを書いたのか、それともまた、大津からヨーロッパに伝わるころには、噂が伝わるのと同じで、事実がかなり変形していたのだろうか。もちろんこれを読んだわたしがその事件の「事実」を知る由もない。ただ、その「事件」のことを書いた本に、ロシア皇太子が「腕に」でなく「頭に」傷を負ったとあるのを以前に読んだ記憶がある。

　二年前に移ってきた集合住宅の一隅たる寓居で、食卓の前に坐ると、ガラス戸越しに湖水が見え、その向う岸に三上山が見える。山の手前に並ぶ高層の建物をとりのぞけば、あの、ダウテンダイの本の表紙の絵にそっくりだ。たしかに近江富士といいたくなる山容ではあるけれど、四三二メートルの低山。そういえば、あの三上山のふもとの三上村駐在所に、あの巡査は勤務していたのではなかったか。あの巡査、オオミヤではなく津田三蔵。物語のなかのオオミヤの行動はかなりおかしいのに、「錯乱」とも「狂乱状態」とも書かれず、作者の聞いたニュースとして「日本の巡査が突然錯乱し、狂乱状態で犯行に及んだ」と書かれているのだが、オオミヤでなく、現実にその時、ロシア皇太子に斬りつけた巡査津田三蔵はどうだったのだろうか。おそらく彼は、ロシア皇太子に斬りつけたあの事件の当日のその時まで、いや、死ぬまで自分の名がのちのちまで残ってしまうなどとは思いもしなかっただろう。

3

事件のあったのは明治二十四年(一八九一)五月十一日。その時、津田巡査は滋賀県の守山署詰三上村駐在所勤務で、三十六歳(当時は数え年で三十八歳)である。もはやワケのわからぬ年齢ではない。妻子があり、兄弟があり、母親も生きている。津田巡査は五月九日に三上村の駐在所から大津にきていた。ロシア皇太子一行の大津訪問の予定は十日だと京都府から滋賀県には通知されていた。ところが、皇太子一行はその日京都にあって、古美術、雅楽、蹴鞠、競べ馬等々を観賞していた。大津はあくまで十日の予定で歓迎準備をし、警官も出動した。津田巡査は、皇太子一行の警護に、守山署から動員されていたのだった。十日、警護のために命じられた御幸山《みゆきやま》西南戦争記念碑前に出向いたが、いっこうにだれもこないので、宿舎に引きあげていた。

津田巡査が警護を命じられて出向いた「御幸山西南戦争記念碑」は、三井寺観音堂裏手の上方「展望台」にあった。観音堂の左手の石段(明治時代にあったかどうか不明)を登ると、小さな公園のような広場に出る。それが「展望台」で、観音堂が眼の下になり、「観月台」、その向うに大津の市街、琵琶湖が眺望できる。その広場に「御幸山西南戦争記念碑」があった。ここが「御幸山」と名づけられたのは明治十一年に明治天皇の行幸があったからである。(現在記念碑はその広場から、さらに登り、山道を十分くらい歩いた所に移されている)

なぜこんなところに「西南戦争記念碑」があるのかというと、西南戦争での第九連隊(大津)の戦死者が第一連隊(東京)の次に多く、西南戦争後に高さ六メートル余の記念碑が建立されて四百六十八名の戦死者を祀っているのである。

ところで、津田巡査がこの記念碑のところまで登ってきたのは五月十日と十一日であるが、ひと月たらず前の四月十五日から三日間、この記念碑の十五周年記念の祭典が、第九連隊の練兵場のある大津で行われていた。祭典といっても、昨今街なかで行われているような気楽なイヴェントではない。第九連隊の兵士たちが、西南戦争の「田原坂《たばるざか》の戦い」を模擬戦で演じたり、六、七十人であげる大凧あげの競走、練兵場を開放しての「豚追い」、兵士たちによる擬闘、警官らによる剣道試合その他が三日間続くのである。いかに大津が西南戦争に「意識的」であったかがわかる。明治八年に、旧園城寺(三井寺)領の三万坪余が軍用地となって、そこに兵舎や練兵場が設けられ、陸軍歩兵第九連隊が駐屯した。その翌々年に、西南戦争に動員され、多くの死者を出したのである。練兵場は、現在「琵琶湖マラソン」のスタートとゴールである皇子山《おうじやま》総合運動公園になっている。

津田巡査は滋賀県の出身者ではない。しかし若い日、西南戦争に送られ、左手指間に貫通するタマ傷を受け、勲七等の勲章をもらっている。つまり津田巡査は西南戦争の体験者、生き残りなのである。大津出身者でなくとも、その時滋賀県守山署詰めであれば、大津の西南戦争記念碑十五周年祭典のあったことも聞き及んでいたであろう。警護のためとはいえ、十一日朝、津田巡査がふたたび記念碑のそばに同僚巡査と二人でたたずんだ時、西南戦争の往時を思い出して、感慨深いものがあっただろう。

そこへ、下から展望台に二人の外国人(ロシア人)が登ってきた。津田は直立不動で最敬礼したが、かれらはそれを無視した。当日、歓迎のため記念碑の囲いの柵は開かれていたにもかかわらず、その二人の外国人は記念碑には一礼もせず、ひとりは柵に腰かけ、石山や唐崎の方向を指しては、つれてきた二人の車夫(日本人)になにやらたずね、車夫は四ツんばいになって地べたに地図を書いていた。

ロシア皇太子一行は、京都から人力車で逢坂を越えて長等《ながら》神社前に着き、そこで知事の出迎えを受け、そこから三井寺境内へ入り(急な階段の方からではない)、観音堂の方にまわり、「観月台」でしばし休憩したが、記念碑のある展望台までは登らなかった。それで、津田巡査は記念碑前から引上げよとの連絡を受けてもうひとりの巡査と観音堂への坂を下りていった。この日、滋賀県下から警護のために動員されていたのは警部十一人、巡査百五十三人で、かれらは皇太子一行について移動しながら、警護にあたっていた。しかも街道には、第九連隊の歩兵が歓迎をかねて警備しているのだから、異常なほどの警護ぶりであった。津田巡査は、命令で十日、十一日の二度にわたり西南戦争記念碑前に警護のために登ってきたが、二度とも「仕事」はなく、そこから引上げたのだった。

津田巡査が展望台の西南戦争記念碑前で警護していた時、ロシア皇太子らは「観月台」で小休のあと観音堂に入り、大津の社寺から集められた古美術品を鑑賞していた。寺の下の湖の方では町民による歓迎の花火が打ちあげられていた。美術品を見たあと皇太子一行は三井寺から湖の方に下り、三保ヶ崎から汽船で湖上を「近江八景」のひとつ唐崎へ移動。また同じく汽船で戻り、県庁に入って昼食、一時すぎ県庁を出て帰路についた。津田巡査は「展望台」から下って正午前は鍋屋町で、午後一時すぎには皇太子一行の帰り道となる京町通字下小唐崎町で警護にあたっていた。この道筋には両側に商店が並んでいた。商店ではそれぞれの紋入りの幔幕を店の表口に張り、提灯をさげ、店ごとに竹竿に付けてかかげる大きな日の丸の旗が道路に向って並んでいた。この路上で「事件」は起った。

4

津田三蔵は十三歳(以下満年齢とする)で明治維新、十六歳で廃藩置県を、二十代になると西南戦争を体験する。時代の変革期がその青春期と重なっている。津藩(三重県)の藩医の次男で、体制が昔のままなら、父親とともに「藩」に属していたが、その「藩」が解体する。「藩」のサムライの階級にあった者が、「新政府」の兵士となる。といっても、一気に「新政府」の軍隊組織がととのうわけはない。もっとも、津田の父は「藩」に「武」で仕えていたのではなく「医」で仕えていたのだが、明治四年の廃藩置県当時、父親はすでに他界している。

津藩では明治三年には「常備兵」が編制されていた。そこに、廃藩置県後の明治四年十一月、東京鎮台から歩兵二小隊(一小隊は六十名)を編制して第三分営(後の名古屋鎮台)に入営せよとの命令が下る。この時「歩兵」には津藩士族の十八歳から三十七歳の者が選ばれた。津田三蔵はその「歩兵」として「召募」せられたのである。つまり、次男三蔵は十七歳(数え年十八歳)で「兵士」とされた。この時期、これまでの「藩」の古い軍事力を解体して、中央集権国家直轄の新しい軍隊をつくることが「新政府」には急務だったので、各藩に命じて編制させていた「常備兵」を、藩や県からひき離すべく「鎮台」という制度がつくられた。その名古屋鎮台に三蔵は改めて明治五年三月に入営したのである。三蔵の人生の出発は新政府の兵士であったが、この十七歳男子の、「新政府」の「兵士」たる自覚はどんなものだっただろう。

「越前表大野郡土民共一揆相起候間、去ル三月十三日朝第九字《ママ》頃、越前福井表ヨリ名護屋鎮台江中来、俄ニ一番小隊只今ヨリ出張被仰付、午後三字《ママ》三十分発足仕候間、御国元江も為御知度と候得共、何分火急之事故乍心外御不沙汰候間、不悪御思召被下度候」

これは明治六年四月十日付の母親と弟へ宛てた手紙の部分で、この時三蔵は「兵士」となってすでに一年くらい過ぎている。越前福井の大野で「一揆」が起り、名古屋鎮台に出兵を求めてきた。この「一揆」は、慶応四年に発せられた「神仏分離令」によって仏寺や仏像破壊にまで到ったもののひとつで、仏法擁護、耶蘇教排撃を名分としながらも地租改正反対のためのものだった。その鎮圧のために急に福井へ出発することになり、知らせる余裕がなかったと詫びている。

「同月廿二日越前大野郡江着仕候処、追々鎮静ニ相成、同廿七日ニ越前福井城下西本願寺江退軍相成、未留宿仕居候、然而者名古屋鎮台ヨリ加賀国金沢江二小隊出張之趣有之候ニ付、私共金沢江出兵ニ相成候様子ニ候」

三月十三日名古屋を出発して、三月二十二日に福井の大野に到着、「一揆」は次第に鎮まってきたので、二十七日には福井城下の西本願寺にひきあげ、四月十日現在そこに逗留。ところが、名古屋鎮台から二小隊が金沢出張を命じられて、どうやら金沢へゆく模様だという。さらに宛先不明だが、おそらくこの手紙の次便と思われるものに、四月十九日に金沢への出張命令が出て、二十一日朝出発、二十五日に金沢小立野石引町河内守屋敷に到着を記している。

ところで津田三蔵は津田家の次男である。長男は三蔵より八歳年上で貫一といい、明治四年当時二十四歳か二十五歳である。しかし徴兵令が発布された明治六年にも彼が「兵士」になっている様子はない。おそらく、貫一は「戸主」なので徴兵を免役されているのだろう。徴兵制による兵役負担である三年の労役は、表向き「四民平等」ではあるが、官吏、官立上級学校修了者、外国留学中の者、代人料二百七十円を納めた者は免役。多くは貧困層が労役に服することになるが、そのなかで戸主、その嗣子、承祖の孫、独子独孫、養子は免役となっていたからである。先の手紙の宛名は、御母上様千代吉様(弟)となっているから貫一は母親ら家族とも同居していない。その母親は、「母上様御持病之趣御報知相成、心痛ニ不堪」と明治七年五月十七日付の弟宛の手紙に記し、また二十八日付の弟宛の手紙にも「御母上様儀先日ヨリ御持病之趣キ、御報知ニ及ヒ息歎斜ナラス」と記すように持病があり、病がちの母が心にかかるが、三蔵はその母を見舞うことができない。五月二十八日の手紙は次のように続けられる。「何分山河隔絶慷慨之至リ不堪、忠ナレハ是不孝、然シ其後者瘉瘳被遊レ候旨承諾致シ候得共、且ハ貧乏候得ハ御養生等モ出来難くトハ御推察申候、然シ天然受タルトハ申ナカラ、憂疲ヨリ起ル者多ケレハ、御心配ハ更ニ御廃止、宜シク慰心被成下度懇願致シ候」

時代が時代とはいえ「忠ナレハ是不孝」と書くのは、藩士でなく新政府の兵士たること自体がすでに「忠」の意識を支えるのだろうか。金沢と伊賀上野は「山河隔絶」されて遠く、容易に病母を見舞うことはかなわない。少しは良くなったと聞いても「貧乏」だから養生もできまい。心労は病のもとだから、なんとか心安らかにいてもらいたい、と懇願するしかない。さらにこの手紙は次のような文句になって続く。

「呼嗚《ママ》兄ハ家荒傾シ、我山河遠路ニ隔絶ス、万端母上様之御胸中ヲ推量スレハ、眠レトモ眠ラス、唯鬱悒トシテ暮」

兄が「家荒傾シ」とはどういうことなのだろう。母の胸中を思えばねむれない。この時から二ヶ月近く経った七月十六日付の手紙には「兄上ノ儀ニ付一毛モ忘ル、ニ間ナシ」とあり、さらに年が変って明治八年三月十五日付の手紙には次のようなところがある。

「兄上様過日御帰宅之由、兄上様ヨリ御丁寧ニ華書ヲ賜」「兄上是迄ノ御所業ニ而者拙カ神労実胸痛悲歎ニ不勝候間、是レ迄ノ悪事ヲ一洗シ、以テ母上様江御報恩為在ラレ度、日夜焦慮シテ暮シ居候間、乍面到兄上ノ御容子且御見込等委細ニ御報知被下度、万々奉祈候」

家を荒し、傾けたまま、不在だった長男が「帰宅」したのを知るが、兄のこれまでの「御所業」を思うにつれ次男三蔵の胸は悲歎で痛む。兄がこれまでの「悪事」を「一洗」して母の恩にむくい、安心させてくれればいいがと、兄の「御容子」「御見込」をくわしく知らせてくれと弟に頼むのである。そしてついに、翌月四月十三日には、「愚ニ御家督御譲リノ事ハ可然御取計リ被下度」(自分に家督を譲る事はしかるべく取はからって下さい)とある。

おそらく兄貫一は廃嫡或いは隠居、次男三蔵が津田家の戸主になったのだろうが、この時、三蔵は二十歳である。兄の「悪事」とはなんなのであろう。「悪事」といっても殺人や盗みのような犯行でなく、なに事にも精を出すことを嫌い、長続きせず、社会的責任を投げ出したまま遊蕩にふけるといった、所謂、身持の悪い、困り者ということなのか。この兄は、次弟三蔵を困らせ続ける。

病がちの母、困り者の兄。本人は、名古屋鎮台から金沢に送られ、帰郷を許されぬ一兵士である。明治五年三月に名古屋鎮台に入営して、明治七年七月には「来年三月ナレハ満期成可クヲ楽ミ、此形勢ニ於テハ中々帰帰《ママ》も六ケ敷ト存、日夜痛心罷在候」と書いて、三年の満役除隊を楽しみにしているのだが、十一月八日には、「三年ノ勤務モ殆ント満役ノ日ニ近ヨリ、内々歓楽致居処、嗚呼計ランヤ台湾問罪、尋テ支那ト間隙ヲ生シ、是レニ於テ満役除隊ハ先ツ御差止ニ成リタリ」で、せっかく楽しみにしている三年満役除隊も「台湾問罪」で差止めになるというのだ。

翌年の明治八年三月、本来なら丸三年経つので満役除隊のはずである。その三月十五日の手紙(兄の「悪事」について記したのと同じ手紙)に、「兵士」の満役者はおいおい帰郷が命ぜられるが、「下士官」は「勤務ノ惰怠精不精」を調べて等級に分け、交代で帰郷させており、それで三蔵は、「下士官」にならぬように懲罪を受けるべく規則違反をし、また無病でないのはいうまでもないが、「精勤」とはとうていいえないので満役になれば一時も早く帰郷できると思っていたのに、なんということか、前年新兵募集があって、「陸軍伍長」を命ぜられたのだ。「伍長」は「下士官」であり、またぞろ帰郷できない。「実ニ困窮仕候」である。とにかく一度、家に帰りたいと切望するがかなわない。それどころか、四月(十一日)になると「近衛兵補闕」として、属する中隊から選んで東京へ出勤させることになり、三蔵は自分がそれを申付けられるらしいと聞くと、ただちに中尉にそれを免じてくれるよう申し入れる。というのは「近衛兵」の満役は五年だからである。三年経っても帰してくれぬのにその上に五年とはたまらない。「我ニ於テハ此三ケ年之満役ヲ苦、早ク満年之上、母上様ニ一日も早ク御安意ノ儀計リ胸中不堪思也」

母親のことが、三蔵にはなんといっても最も気がかりである。本来ならば長男の兄にまかせておけることとも、それができぬとなれば一度帰るしかないが許可されない。

一度は「下士官」志願の試験も受けてみたこともあるのに(明治七・十一・八)、帰郷したい一心からわざわざ「下士官」のがれの規則違反をやってみるようなことをしても「伍長」に昇進し、その上、「近衛兵」に選ばれそうになるのは、おそらく三蔵のひとえに生マジメな性格、態度によると思われる。明治八年八月には入隊以来の「勉務褒賞トシテ、弐ケ年間壱人口下賜」された。その証書を所轄の県庁に差出すと金を受けとれるので、「些少ニシテ万分ノ一ニモ不足ト雖モ、之尊大母ノ閣下エ献呈ス」とよろこんでいる。

十七歳(今なら高校二年生か三年生)から鎮台兵となって三年間(正確にはその前年名古屋鎮台のできる前からだから三年以上)、地方に起こる「一揆」「暴動」の鎮圧にかり出されたりしているが、いわばずっと兵営暮しで、歩兵としての訓練を受けている。しかしそこは刑務所ではないから、世間や世界の情況、情報にも多少は接するだろうが、やはり「社会の動き」を知りたいとの好奇心はある。なんといっても、時代は「文明開化」なのだから。

「御当地ニ於テハ定めて開化進歩之節から学校モ盛ニ行レ、我帰国之上童子ニ頭ヲ叩カレンコトヲ恐縮ス」(明治七・五・二十八弟宛)

「当地も日々開化ニ趣、士ハ従前之士非ス、民ハ従前之民ニ非とカヤ、薄録《ママ》之者、農為リ商為リ今日変化可憐也(中略)我儀先年ヨリ当地ニ趣而ヨリ読書共先生ヲ求、不肖ナカラ微シモ怠惰ナク勉力いたし候、然シ兵隊ノ身トシテ自用ニナラズ、纔《わづ》カ月ニ八、九日ノ外出ニテ甚困ス、書習ノ先生ハ笹田蔵二ト中ス(中略)当地者仏英両学甚盛也、我モ学ヒ度ト存候得共、何分纔カ月ニ八、九日教習候而モ如何之勉力モシルシナク故、当営朋友之者学雖モ不日ニシテ辞ス、御当地ハ盛ンノ様子、実ニ羨シク候」(明

治八・四・十一弟宛）

「御尊地ノ開化ハ如何ニ候哉、当地ハ蚕等製造会社ヲ企テ、過日ヨリ造成相成、実ニ盛ンナルコトニ候、士族ハ商法ヲ企タテ、大半中途ニシテ止ム、就中大刀ヲ帯ヒ、古人ノ状ノ如キモアリ、或ハ士民ニ落チ野菜ヲ担ウ者多々アリ、又ハ書生ノ状ノ如クニシテ、国史略ヲ持テ所謂蚊螟《ぶんめい》〳〵ト吠ユル者アリ、其坐食醜風嫉ム可シ○又所々ニ学校盛ンニシテ、十歳ヨリ廿歳計リノ者ニハ英学、仏学ヲ盛ンニシテ○英仏人弐名計リ居レリ、其地漢学モ盛ニ候、左ノ国史略ヲ以テ分明《ママ》ト吠ユル者ハ年齢凡ソ三、四十歳ノ者也、実ニ憫然ノ至候耶也」（明治八・四・十三兄宛）

「大国と雖モ未タ開化成士族等帯刀ニ而市中ヲ運歩ス、実因循之事ニ候（中略）当県之兵隊大半百姓ニ候、是レヲ我国之新規と曰ウ」（明治八・五・十一弟宛）

津藩の藩校で漢学教育を受けた三蔵は、西洋の外国語を知らない。「文明開化」で子供は寺子屋でなく「学校」に通うようになっている。三蔵はそういう新しい制度の「学校」も体験していない。営舎でボヤボヤしていると、「時代」にとり残され、とうてい世に出ることはできないのではないかとのあせりがあり、日々、世の中が「開化」するなかで、元下級武士階級で微禄の者は商いをはじめるが大半が中途でザセツ、「士民」となって野菜を売る者さえある。また「国史略」をふりかざして「蚊蝘〳〵」(文明)と吠えたてている者の醜態を見るにつけ、「士族」出身の三蔵は今後の処世を考えさせられるが、英学仏学の盛んな金沢でそれを学びたくても、外出はひと月に八日か九日しか許されないので、それくらいではいくらがんばってもモノにならないから、とても無理だ。それでも「書習」は笹田蔵二という金沢では巻菱湖《まきりょうこ》の書を学んだ唯ひとりの先生について学んでいるというのである。金沢は三蔵の故国伊賀上野よりは「大国」で「開化」しているはずだが、それでも士族はいまだに帯刀して町なかを歩き、新時代がきたといっても「因循」からは急に解放されないのに、「兵隊」のおおかたは「百姓」出身なのだ。廃刀令が出るのは明治九年三月だから、士族はまだ刀をさして歩いているのである。

とにかく「満役除隊」で一日も早い帰郷をねがう三蔵だが、勉学も思うままにならぬ三年が過ぎても除隊になれそうにない。ただし国へ帰るとすれば、その後どのように生きていくのか考えねばならぬ。世の中は変ってしまっているのだ。

「抗顔坐食ハ素ヨリ望ム所ロニアラス、帰郷之上ハ粉骨斎《ママ》身、以テ報恩且生活ヲ営ムヲ専一トナス、然ル処ハ愚カ日夜焦心スル処也、依テ家帰レハ農タリ商タリ工タリ、何ソ他人ノ指笑ヲ愧ツルニ足ン」(明治八・六・十八)

さらに続けて次のように書く。

「只因循懶惰遊冶ニ陥リ、如夢ニ生涯ヲ尽スハ不望所也矣」と。しかもその時の所持金は「凡六拾円」なので、これで生活を立ててゆくのは無理、かといって陸軍で志を立てるには約七年間務めた上でないとかなわぬ、しかもその間、親の病気の看護として許される休暇は二週間以内で、「兵役ハ独身ヲ営ムヨリ他ナシ」なので、「何ソ一ツ寄考アラハ、速御教訓ヲ希フ」とあの「困り者」の兄宛に訴えもするのである。

その兄は、三蔵が満役になるはずの三年目の明治八年四月に、なにかの試験を受けて失敗した模様で、それを知らせてきたらしい兄の手紙への返事に「時」を得なければ英雄も野蛮人同様となぐさめ、これからも「一層御奮発」のあることを「泣血シテ懇願」する。さらに「必ス〳〵御心中翻然ナク御弐心ヲ擁スルコトナク、御奮発ノ様俯伏血泣シテ冀《こひねが》フ」と書く。どうやら森川というひとの尽力で、これからは落着いて暮すとの考えになったというのをよろこび、必ずその気持を変えることなく、また悪心を起すような「二心」をもつことなく「奮発」してくれるよう、兄に向って何度も「血泣シテ冀フ」のである。

こうして津田三蔵は三年間の兵役が満役になっても除隊にならなかった。除隊差止めの理由のひとつとなったらしい「台湾問罪」は、三蔵の手紙にあったように明治七年五月に台湾出兵があり、八月にその交渉のため大久保利通が全権となって清国北京へおもむいている。その時大久保に随行した小牧昌業によると、「事の起こり」は明治四年のことで、琉球島民六十何人が難船して台湾へ漂着し、牡丹社という「蕃人」に殺されて十二人だけ逃げて帰った事件があった。かれらの陳情によって外交上の問題となり、副島種臣が清国へ談判に出かけたのだが、台南の化外の民のことは清国の知ったことではないとされてしまった。それならば日本政府は台湾「蕃民」の罪を問わねばならぬという議論が起っていたとの由である。

5

「頃日来之熊本県下騒擾ニ付、諸休暇一切御差留ニ相成、加之人気騒然、当県下ニ於テモ旧染頑固之不平士族カ、彼是云云モ可有之様之風説有之」と明治九年十一月十一日付の手紙で三蔵は兄宛に書いている。三蔵の営所でも警備が厳重となって、昼夜巡察斥候、夜中はさらに厳重で、城郭に哨兵を配置している。三蔵と同じ隊の熊本県の士族某へきた父親からの書簡によるものだとして、熊本の状況を次のように兄に知らせている。

――熊本県下の士族二百名ばかり、十月二十四日夜半、鎮台陣門を押破り、抜刀を携えて兵卒を斬ること、あたかも大根を斬るかの如くで、そのうち非常号砲で下宿の士官は出営したが、その途中で斬られた者数名、連隊長は邸宅で即死、その妻子も同様。県令安岡公、大参事小関公らの邸宅へも斬ろうと侵入、両者の生死は不明だが、おそらく助からぬ。鎮台兵の死者も百人程、脱走四、五百人もあり、県下士族八名は召捕られ、残りは金峰山にとどまるとか――。

ここに出てきた十月二十四日の騒乱は世にいう「神風連の乱」。『神風連とその時代』によると、「うけい」で神意を問い、神勅によって二十四日挙兵した熊本敬神党による反乱で、この時の参加者は百七十余名。戦死者二十八名、自決八十七名、死刑三名、禁獄四十三名、逃亡潜伏五名、無罪七名。この反乱の特異性を、三蔵が知っていたかどうか――。二十七日には福岡県の旧秋月藩士らによる「秋月の乱」、翌二十八日には山口県士族が前原一誠らに率いられて蜂起した「萩の乱」が次々起っている。

こういう「諸休暇一切御差留」の状況のなかでも、三蔵の帰郷心(ホームシック?)はつのるばかりだが、「二百日精勤の下士官は四週間の褒賞休暇、兵卒は二週間」が騒乱のせいで施行されない。ただし騒乱鎮静の上は、自分は「第一等精勤の上、諸学科熟達に付き」休暇がもらえるはずだから「渇望し楽しみにしている」ので、家族による「帰省休暇出願」を必ずしてくれるよう兄に頼んでいる。

ところが明治十年に入ると、九州から離れた金沢にいても悠長にしてはいられない。新政府軍の兵士として三蔵は西南戦争にまきこまれていくのである。

「九州辺ハ何カ払騰《ママ》之旨、過ル念三日ノ命令ニ開戦ニ及ヒ候趣キ」と明治十年二月二十八日の書簡にあるが、二月八日には、「積雪五寸許ニシテ難道」の「越中国ェ出張ノ命」を受け、このためにまたも「帰省願」は「御差留」。同じ二月二十三日、名古屋まで出張、さらにそこから大坂へ繰出すことになっていたが、「生憎哉土民如キノ鎮圧ノ為」行けず、三月になって大坂表への出張を命じられ金沢営所を出発。神戸に於て、三蔵は「征討別働隊第一旅団第一連隊第一大隊第二中隊」に編入され、「征討別働隊」(政府軍)としていよいよ九州へ向うのである。

二月十九日に明治天皇による「鹿児島暴徒征討」の詔《みことのり》で、有栖川宮熾仁《たるひと》親王を征討総督に、山県有朋、川村純義の陸海両中将を参軍に任命して態勢をととのえたもので、野津鎮雄少将を長とする第一旅団、三好重臣少将を長とする第二旅団を編制して九州に出征させていた。三蔵の当時配属されていた金沢第七連隊第一大隊は「別働第一旅団」として三月二十日に熊本県日奈久《ひなぐ》(現八代市)に上陸した。熊本城(政府軍の熊本鎮台)を包囲していた西郷軍の背面を衝くことになる。ただし三蔵は上陸の六日後の三月二十六日、「左手背面ヨリ示指ト中指間ニ貫通スル軟部銃創」、即ち左手の甲の側から人さし指と中指の間をタマが貫通するというケガを負うたのである。その日ただちに八代繃帯所で治療を受けた後、四月二日に長崎臨時病院に入院した。この戦争で西郷は別府晋介に介錯させたそうだが、そういう「武士」の作法が残る一方で、

「戦争」はすでに飛び道具(大砲や銃)である。

三蔵は五月二十日長崎臨時病院を退院、長崎の陸軍運輸局で不足物品を受取ったあと、市内に一泊、二十二日対岸の肥後百貫にある陸軍運輸局へ行き、そこから御用船で翌日熊本に着き、熊本本営に出頭、二十四日運輸局から乗船し、二十五日鹿児島港に入り、二十六日鹿児島上陸、第一旅団の本隊に復帰。「創部ニ些少ノ瘢痕ヲ遺スト雖ドモ、該部ノ作用ニ妨碍無之者ト及診断候也」であるから、とりあえずタマキズは治り、おそらく字がうまいこともあって翌月十日には「第一大隊書記」を命じられている。(明治十・六・十六)その任務は「隊長ニ従ヒ机ニ拠テノ仕事」なので「危キコトハ無之」である。

左手にタマが貫通するキズを受けた三蔵が体験した実戦はどのようなものだったのか——。

——賊徒は城から二百メートルないし千メートルのところに砲台を築き、官軍の方は城の裏手の山から甲突川に沿って胸壁を築き、軍艦はその甲突川の河口の鹿児島港に在って、たがいに対向して、ののしり合いつつ砲撃している。(明治十・五・二十九)

——過日、官軍は夕景に花火数十本打上げ、実に万人の眼をよろこばせた。賊軍はこの花火を見て山から花火を的にして大砲五門で代るがわる砲撃したが、官軍に死傷者はない。この夜、賊軍の弾がはじけて光るのは、花火に交じって、まるで万星が一度に降流するかのようだった。それからは賊軍も毎夜花火を打上げて、その花火があがるとただちに官軍に向って大小の砲で火撃するが、暗闇のなかで鉄砲が当たることはない。(明治十・六・十六)

戦場であがる花火。それが「万人ノ眼ヲ喜シム」。しかしそれはおそらく照明弾になり、空の花火を的に大砲をうつ。「弾発烈、花火テ交リ、恰モ万星一時ニ降流スルカ如キ」とは。

さらに続けて、「官軍ノ海軍楽隊ハ音楽ヲ奏シ、隊付喇叭ハ色々様々ノ譜ヲ吹キ、鐘ヲ撞キ、或ハ三味線、大鼓、横笛ナソニテ夜中ノ囂々《がうがう》昼日ノ苦辛ヲ忘ル」とある。八月二十四日の手紙で、「陸軍軍曹」を任じられたと報告している。さらに八月末になると、「賊徒等日ニ勢力ヲ失ヒ、山野ニ潜伏シ、日一日モ生活ヲ盗スム目的ニヤ、官軍ニ抗敵憤撃スルノ勢モナク、只ニ官軍ノ際《すきま》ヲ窺ヒ、囲線ヲ突破リ出テ、或ハ些少ノ糧食ヲ奪ヒスル動作ハ恰モ草賊ノ体裁ニ異ナラス、尤モ兵器ノ如キハ、惟ニ秋水ヲ腰間ニ横ル而已、故ニ壱戦毎ニ狙撃セラレテ、斃ル、コト夥多ナリ」(明治十・八・三十一母宛)

ここに出てきた「秋水」は鋭利な刀のことだから、三蔵の見た西郷軍はこの時、兵器としては日本刀だけで、すぐに撃たれて多くの死者が出たというのだろう。しかも、わずかの食糧を奪う姿は草賊と同じだという。

九州での「戦争」の「賊徒」は身分の低い「不平士族」である。「官軍」津田三蔵も同じ貧乏「士族」である。当時の九州の情況、精神風土、西郷隆盛の思想、戦略をどの程度まで一兵士の三蔵が知っていたかはわからないが、先の手紙に次のような「西郷」評を母宛に書いている。

「西郷氏ハ昔日ノ忠臣ニシテ、国家ニ益スルコト並なク知ル処、為之一時人望ヲ得ルコト赤《ママ》該氏之右ニ出ルコトナシ、然ルヲ今、反賊ニシテ天下ノ兵ヲ請ケ、俵《ママ》坂(田原坂)ノ一戦大ニ敗走シ、為之八代ロノ戦ヒモ一時ニ敗走、此戦状ヲ以テ該氏ノ目的ノ達スルト不達ハ判然燎々タリ、然ルヲ西郷氏タル者野山ニ潜逃レテ日一日モ生ヲ盗ムハ、昔日人望ヲ得ル西郷氏ニ非ル也、定メテ狂気ノ西郷氏ト察ルモ理ナキニ非ンヤ」と。この手紙の日付は明治十年八月三十一日だから、城山にたてこもった西郷軍が包囲されるまで、一ヶ月もない。もはや敗北は明らかなのに野山にひそみ、のがれているのはあの「人望」の高かった西郷でなく、「狂気ノ西郷」ではないかとまでいう。自分たち「官軍」の兵士が戦った相手は、そんな西郷の軍だったのか――。

次の九月二十五日の母宛の手紙には、「大勝利」を綴る。

「当月廿四日午前第四時ヨリ大進撃ニテ大勝利、魁首西郷隆盛、桐野利秋ヲ獲斃シ大愉快之戦ニテ、残賊共斬首無算ナリ、此日楽隊音楽ヲ奏シ、各部隊ニ日ノ丸ノ旗ヲ揚ケ、戦士ハ凱歌ヲ歌ヒ、勇気山ヲ抜ク、項羽モ三舎ヲ避ルカト思ハル、勢ナリ」

このあと津田三蔵は、九月二十九日午後四時頃「黄龍艦」に乗船し、七時頃鹿児島湾を出て、十月一日午前一時頃に神戸に着港、翌二日午前九時頃上陸した。やっと「戦争」から解放されたのだ。この解放感を次のように母宛に書く――「長々戦地ニ罷在、不自由無極、困難致候砌《みぎり》、上陸後万自由ヲ得、恰モ別世界ニ蘇生スル心地仕、上陸後愉快ヲ相極罷募候」(明治十・十・二)、勝ち戦の官軍兵士とはいえ、戦地では不自由きわまりなく、自由を得ると別世界に生きかえった心地だというのである。ただし、まだ「兵役」そのものから解放されたわけではない。しかも上陸した神戸では「虎刺列《コレラ(ママ)》病流行」で足止め、二週間してやっと十四日の午前八時神戸駅から汽車で西京(京都)着、午後大津へ、大津から汽船で琵琶湖を北上して塩津へ。そこで一泊して、翌日から一日五、六里(約二十〜二十四キロ)の行軍で金沢に帰営したのが二十二日だった。

津田三蔵は入営から西南戦争の体験、官軍としての勝利、金沢帰営中での行状を手紙に記したが、負傷した時のことや治療については、その頃の手紙が残っていないか、病院で手紙を書かなかったか、病院での様子などはわからない。

同じころ西南戦争に「巡査」として従軍していた元前橋藩士喜多平四郎が日誌を残している。それによると、この喜多なる巡査も、明治十年三月十三日に「胸部から背中に打ち抜かれた重傷」を負って病院に入れられているが、病院でミカンやカステラ、煙草を「賜った」り、皇太后、皇后、総督有栖川宮から負傷者慰労として、「酒肴を賜り」、陸軍楽隊の演奏を聞かされたり、皇太后、皇后が官女といっしょに、お手ずからつくられたという「ホータイ、メンサンシ」等も沢山送られてきて感動したと記している。三蔵も、入院中の四月十日には、軍労慰撫として菓子料金三円を下賜され、五月十八日には侍従長を遣されて酒饌料として二円五十銭を下賜されている。

6

「田原坂」は西南戦争の激戦地で、戦争から八十年目の一九五七年、田原坂公園に慰霊塔が建立され、そこには政府軍六九二三人、薩摩軍七一八六人、巻きぞえの死者二九人の名が刻まれているとの由。戦死者の数からだけでも、いかに銃撃戦がすさまじかったかを想像させる。政府軍(官軍)が一日に撃ったタマが平均三十二万発とかで、雨アラレのように撃ち合うタマとタマが、空中でぶつかってしまう偶然が一度や二度でなく、空中で二ツのタマが衝突してくっついた「行きあい弾」(空中かちあい弾)がその辺りでたくさん見つかっているとか。その「行きあい弾」を、京都の高台寺近くにある霊山歴史館で偶然見た。清水から高台寺の方に歩いていたら、霊山歴史館で「西郷隆盛と西南戦争展」をやっているとのカンバンを見かけたのである。

「行きあい弾」は、細い棒状の鉛を小さくぶつ切りにしたようなのが、二ツくっついて、少し重なり合っていた。西郷の着用していた軍服軍帽はもとより、さまざまな「戦争関連グッズ」が百点ほど出展されていたが、「西郷隆盛を介錯した刀」もあった。別府晋介が西郷の首を落した日本刀とのことでサヤはなかった。もちろん血のりがついているわけではない。一方、出土したスミス・アンド・ウェッソン短銃、ツンナール銃未使用弾丸、ナポレオン弾の信管とか、エンピール銃の弾丸製造鋳型等々のような「飛び道具」関係もあった。つまり、つい十数年前までキモノ、ハカマ、ハオリ、カミシモ等を着用し、両刀をさしていたサムライ同士が、甲冑ではなく洋服(軍服)を着、西洋製のテッポウで撃ち合って「戦争」していたのである。

この霊山歴史館のある京都東山の霊山地域には、坂本龍馬、中岡慎太郎、桂小五郎の墳墓、「池田屋事件」「禁門の変」等の殉職者他の一三五六柱の墓があり、「維新の道」という文字をきざんだ大きな石がその史跡地を示していたが、そこへは立寄らずに坂を下った。京都はどこを歩いてもあちこちで史跡にぶつかり、それらの史跡たるところは、たいてい血なまぐさい。

さて西南戦争から帰還した津田三蔵は、またも多忙によって休暇がとれず、帰郷はかなわなかった。それは、西南戦争に出征した各兵士がどのような働きをしたかを調べる仕事を課せられていたからである。兵士の勲功によっての賞典禄を与える資料とするためである。三蔵の属した隊の隊長、「古川陸軍少佐ハ四等勲ニテ、年金百三十五円」(明治十一・三・二十八)を受けたことを兄に知らせている。三蔵自身は、西南戦争の翌年、明治十一年十月九日付で、鹿児島の「逆徒征討」の時の功績によって「勲七等」を受け、金百円が下賜されることになった。ただしその下賜金は、その時から一年以上すぎた明治十三年二月二十三日に三重県に送ったと知らされるので、受けとるのはそのあとである。ともあれ、津田三蔵は戦争でタマキズ(銃創)を受け、退院後も痛みが残るので「兵役ニ難堪段申立」て、タマの貫通した指の屈伸が差しつかえるとの軍医の診断で「軍人ニ不堪」なのだから、退役したいと内心思っていたのだったが、それもかなわないまま明治十年十月二十二日金沢第七連隊に帰営したのである。

三蔵は、明治十五年一月九日「常備役満期」につき「後備軍軀員」を申しつけられるまで、まだ四年余歩兵第七連隊に属して金沢にいる。入営してから、もはや丸五年が過ぎて、三蔵は二十二歳である。このころ、除隊になるまでの三蔵の気がかりのひとつは「金禄公債」の受けとりと、もうひとつは「兄」である。

藩政時代の士族は「家禄」を支給されて暮していたが、維新後の新政府は、旧来の家禄(=金禄)の五年ないし十四年分の額面で利子(年五〜七分)つきの公債を士族に交付することにした。それを受けとった士族は毎年定期的に支給されるその公債利子を生活費にあてることになったが、下士層ではとうてい足りる金額ではなかった。「金禄公債証書発行条例」が出たのは明治九年八月であるが、施行時期は地域によってまちまちで、津田三蔵が受けとったのは「明治十一年十月十九日」、証書の「総額四三三円九六銭五厘」、それを、三〇〇円証書一枚、一〇〇円証書一枚、一〇円証書三枚、と端金三円九六銭五厘は現金で渡された。この証書預金高に対して、利子として一五円五銭が年に二度支払われることになっていた。下士族層への公債交付額は一人平均四一五円、年収では二九円五銭、日収わずか八銭たらず。津田三蔵の公債証書金額四三三円九六銭五厘、年利子三〇円一〇銭というのは、この平均値に近い。因みに当時大工の日給が四五銭、土方人足が日給二四銭で、士族の大かたの手にする公債利子はこれらより少い。このことから、三蔵が「逆徒征討」時の功績で受けた「勲七等」が名誉であると同時に、現実には金百円の下賜金がいかに多額であり、留守宅の家族の生活を助けたかが想像できる。公債の利子だけでは、商才でもない限り生活できず、社会的には落ちこぼれていくしかないからである。津田三蔵が公債利子をたしかに受取ったかどうかについて記された手紙が残されていないので不明ながら、兵士としての給金を家に送金していたのはまちがいない。病気で日給が半分なので、送金をしばらく待ってくれと母に訴えている手紙(明治十一・八・四母宛)がある。

ところで三蔵はどうやら、明治十一年六月に帰省をはたしたようで、次の九月八日の母宛の手紙に「先般帰省之際」とある。その帰省の際に、兄貫一は自分たちと「約定」した。だからその後は定めて何事にも勉励し、今後の生活目的も決定したと、帰隊後はそれだけをよろこび、除隊後帰郷の上は、ふたりして津田家再興だと指折り満役を待ちながら務めに励んでいたところ、思いがけず病気(先の八月四日の手紙)により動けなかった。その兄が、またぞろ「悪心」を再発させていると母が手紙でいってきたので、弟三蔵の心は痛む。

「兄上様御身上振舞、于今御改心モ無、些少ノ金銭ヲ求得ハ、相替ラス旧病発起シ、登楼なそニ趣カレ、少シモ家事ノ貧困ヲ不顧、御母上様ノ御病中モ一向御看護モ行届キ不申、只千代吉、ゆきノ看病ニテ万々御不都合ノ段、山々御推察仕候」――兄があれほど約束したのに改心することなく、少しでも金を手にすれば「登楼」、家計の困窮など知らぬ顔で、病母の看病も末弟千代吉と妹のゆきにさせている――自分が母のそばにいたなら、そのような難渋はさせぬが、「奉職中」でママならぬ身、どうすることもできぬ、千代吉、ゆきも成長し、自分も満役になれば安堵の時もあろうから、それを楽しみにお待ち下さい、「事甚タ因循ニハ候得共、御心痛なく其儘御打捨置被遊、且御説諭モ御加ヘ不被為遊、御世話ノ儀ハ是迄ト御決意ノ上、森川方江モ金員ノ儀ニ付聊モ御尽力無之旨、御談し被遊度候」——なかなか難儀なことではあるが、そのまま「打捨」おいて下さい、またこれ以上の説諭もすることはなく、めんどう見るのはもうコレマデと決意して、森川氏へも金に関しては尽力なさるなといった方がいい。というのは、森川氏の援助には「賄方」＝食費(酒代?)が多いし、すでに以前からの借金もあることだから、もうこれ以上借金がたまるのは困る。兄ひとりの飲み食いの費用くらい月給から送るから、一ヶ月どのくらいかかるか知らせてほしい、「兄上様御壱名位ノ食料費等ノ儀ハ、月給ノ内ヨリ御送金仕候テモ不苦候間——」とまでいうのである。

まるで昔の芝居に出てくる「遊女奉公」に出された娘のようで、右に出てきた森川氏とはどういうひとで、どういう商売かわからぬが、留守家族が大いに世話になっている様子。右と同じ手紙に、例の金禄公債証書を受取れば、その「御所持方精々御注意之上」森川方にでも預けて、その預り証書を取り、それを持っているのが不都合なら書留郵便で自分に送っておいてくれ、取扱にはくれぐれも注意してくれと何度もくり返す。家から遠く離れて、いわば「兵営」にとじこめられている三蔵は、金禄の受取、母親の病気、弟の就職、兄の困った行状、しかも自身も何度かにわたる入院加療の必要な病気と心配事はとぎれない。

ことに兄は、いくら「困った兄」とはいい条、それだからこそ兄弟として不憫がかかるのか、どうやら「仕事」を求めるために兄を金沢までつれてくるのである。「両人無事廿二日午後六時頃、金沢地江当着《ママ》」と明治十三年二月二十四日付で知らせている。その手紙の追伸には、森川氏への借金は返済しても、抵当物の引取りをうまくやるように、兄貫一の借債分は自分が帰郷するまで引き延ばしてくれるよう先方に申入れ、その利子は無利子と先般帰郷した時に約定済みだから、利子のことは心配するなと記す。

ここまで弟が思いやる兄だが、金沢につれてきてみると、ここでもまた「不品行」。先の手紙より十日もたたぬ三月四日付の母宛の手紙には次のようにある。

「兄上儀当地到着致し候得共、何分不品行廉有之、実ニ当惑之至候、尚当地ニ滞在之上ハ、如何ノ不都合相生シ候モ不計、若シ相生シ候際者、私独リノ身上ニ相関スル而已ナラス、同県者一体ノ名誉ニモ関係致し候事ニ付、一時モ早ク帰郷為致スルカ至極都合ト存候、然レトモ骨肉ノ親情ニ背キ候カハ不存候得共、到底於私見込無之、是レ全ク不得止事情ニ付、帰郷為致候次第ニ有之候」

どういう「不品行」かはわからないが、到着早々に「不品行」があって三蔵は当惑し、滞在中これ以上の不都合があれば、三蔵ひとりのことでなく三重県出身者全体の名誉にかかわるから一時も早く帰すという。「不品行」とはまたもや「登楼」なのだろうか。それとも世話してくれたひとへの、約束のスッポカシなのだろうか。骨肉の親情に背くけれども、やむをえぬ事情だから帰すほかない、というのである。「困った兄」貫一には、時代の変化に乗りぞこねた者の抵抗がくすぶっているのか。或いは、もともとが、酒好き遊び好きの、だらしない男なのか。尚、この手紙の終りの挨拶に、母親、弟千代吉の次に「町井御内」とあるのは、この前年(明治十二年の六月ごろ)に妹(ゆき)が結婚した町井義純(三重県、上野警察署詰巡査)で、その妹の夫は、三蔵が除隊後巡査となり、同業になることもあって、のちのちまで相談相手となる。先の手紙から三ヶ月たらずの五月三十日付で、三蔵はその町井義純に「御令政御分娩、殊ニ御男子、之レ全ク積善之余慶——」と書き、郵便為替で祝儀を送ったと報告している。妹ゆきに男の子が生れたのである。

明治十五年一月津田三蔵はついに「本月九日依常備役満期後備軍軀員拝命セリ、就テハ十四、五日頃当地発程ノ都合ニ取極タリ」と町井義純に書いて十一日に投函した。ほとんど丸十年の「兵役」から、やっと解かれるのである。といっても「常備役」は満期でも「後備軍軀員」を申しつけられたのだが、とにかく帰郷できるのだ。三蔵はあとひと月で二十七歳になる。満期除隊後、当県(石川県)への出仕を周旋するから是非ここに留任してくれと勧められたが、老母を打ちすておくわけにはゆかぬとことわり、すべては一度帰郷してから——と除隊の直前(明治十四・十二・十九)に町井に書いている。ともかく、津田三蔵は、ついに満期除隊、十年ぶりに「兵士」としてでなく母のいるクニに帰ったのである。

7

津田三蔵が帰ったところは伊賀上野(三重県)の徳居町だったが、現在そこは「伊賀市」となっている(平成十六年十一月に上野市が三町二村と合併して伊賀市となる)。ただし、JR関西本線の「伊賀上野」駅、近鉄伊賀線の「上野市」駅の名は元のままである。

伊賀上野と聞くと、「松尾芭蕉」を思い浮べるひと、「伊賀忍者」に連想がいくひと、さらに荒木又右衛門の「伊賀越仇討」のあった「鍵屋の辻」に興味を示すひとがいるだろうが、今はニンジャに人気が集るのか「伊賀流忍者博物館」というものが上野城のそばにあって、忍者ショーがあり、忍者屋敷で伊賀流忍法を体験できるというのである。半世紀前に芭蕉の生家やみの虫庵を見学するのに学校から引きつれられて大阪からきた時には、そういうものはなかったし、時間がかかったからかなり遠いところへきたという印象が強かった。

それが今、大津からくると、滋賀県から三重県へきているのだが、電車で一時間半ほどで、郊外にちょっと遠出したという感じである。大津から東海道線(琵琶湖線)で草津、草津から柘植《つげ》までは草津線、柘植からは名古屋と大阪を結ぶ関西本線で伊賀上野まで。地図で見れば、大津から伊賀上野まで直線距離にすると三十キロぐらいだから、思いがけず近い。津田三蔵が、兵役満期除隊後、帰国して三重県の巡査となり、さらに滋賀県の巡査となって草津に近い湖東の駐在所を数ヶ所移っているといっても、クニに対して兵役で滞在した金沢の時のような距離感はなかったはずである。

上野城と市街に近いのはJRでなく近鉄伊賀線の「上野市」駅で、駅をはさんで北に城があり、南に町がある。町の方は、いわゆる城下町のつくりだが、珍らしいのは「忍町《しのびちょう》」という町名があり、かつて藤堂藩伊賀者たちの屋敷があった。

上野城下町には、南北に通りが三本走っており、そのまん中の通り(中之立町通り)には武家屋敷が残され、その通りと交叉するいくつかの通りには昔の商家が並んでいる。津田三蔵の帰った徳居町は、南北の三本の通りの西側、現在の国道25号の内側にあり、城の西大手門に近い。その西大手門(今はない)の近くに藩校だった崇廣堂の朱色の門と建物がある。崇廣堂は津藩の藩校(有造館)の分校として建てられた。三蔵本人は、安政元年十二月二十九日(一八五五年二月十五日)、武蔵国豊島郡下谷柳原にあった藤堂和泉守上屋敷で生れたと述べているが、江戸表詰の父津田長庵の不祥事での伊賀移住は六歳か七歳の時だから十六歳まで「藩校で学んだ」というのはこの崇廣堂だったはずである。徳川家康の信任あつい藤堂高虎が伊勢・伊賀の大名として入国してから大改修した上野城には、本拠地の津と二城制をとって城代家老をおいていた。ここ伊賀上野が伊勢国、大和国、近江国に接していて京都にも津からよりかなり近いからであろう。

ところでこの城下町で、明治時代のこととはいえ外国の皇太子に斬りかかるという事件の「犯人」はどのように扱われているのか、つまり「犯人」のことを観光案内所でたずねてもいいのかと、そのことに縁もゆかりもないのに遠慮があったが、見せてくれた冊子(土地に関連する人物をひとりひとり説明してあった)に「津田三蔵」があり、観光客にくれる観光用リーフレットには、「津田三蔵の墓」が「寺町」にあると記されていた。

寺町——その通りには七ヶ寺がある——の大超寺に津田三蔵の墓があった。三蔵は無期徒刑で北海道釧路へ送られ、そこで病死したとされている。その墓石は高さ五十センチほどの小さなもので、石のどの面も、かすかなでこぼこはあるものの、彫られたらしい文字は読めぬくらいに平たくなっている。それが三蔵の墓と知るのは、その寺が立てた札に記されており、すぐそばには左面に「明治四十三年五月十日津田氏」と文字が読める墓石が立っているからである。この墓石は正面の文字「泰嶽院宝林常祐居士」「智光童女」「真如院深應貞称士姉」も、右面の文字「泰　慶應二丙寅年正月十日」「智　明治十八年十二月十九日」も読める。これは両親の墓で慶應二年没は長庵、明治十八年没の童女は三蔵長女みへであろう。三蔵の墓石は、手でなぞればかすかに凹凸があるように思えるが、だれかが、意識的にそれらをけずって文字を見えなくしたのかと思えるほどに、とにかく文字は跡かたもないといっていいほどで読むことはできない。

三蔵が明治十五年一月、兵役満期でこの伊賀上野徳居町の母のいる家にやっと戻ってきた時は二十六歳で、二ヶ月後の三月には三重県の巡査を拝命、上野警察署詰を命じられた。この「上野警察署庁舎」の建物が藩校南に、現在は警察ではなく個人に所有されているが、現存している。それはいわゆる「明治の洋館」で、木造だがまわりの民家ときわだって異った姿である。三蔵が巡査となるのには、明治十二年に妹と結婚している町井義純(上野署詰巡査)による助言、もしくは助力があったのかもしれない。妹の夫と三蔵はここで同僚となるのである。

旧「上野警察署庁舎」は現在「西大手門」跡(近鉄「西大手」駅のすぐ南にあるが、これは元来「東大手門」で今はなく、その跡もない)に明治二十一年に建造され、昭和十年ごろ(十年と十二年、十五年説が「上野市史」にあり)に現在地に移転されたとの由で、とすれば、津田三蔵が明治十五年三月に「上野警察署詰巡査」となった時にはこの「明治の洋館」はまだなかったことになり、ここに勤務していたのではない。しかし、三蔵も義弟の町井義純も制服(洋服)を着用して、おそらく藩校や現在の裁判所、図書館等の近辺にあったであろう警察署に勤務していたのだと思われる。

ところで、三蔵は明治十五年三月十五日付で三重県より上野警察署詰を命じられ、月俸七円で勤務していたが、その年の五月二十七日に依願退職している。そして次の年、明治十六年十一月十九日、改めてもう一度志願して三重県巡査を拝命、松坂署詰となった。ところが、今度は二年後の明治十八年八月一日、「上席巡査侮辱」との理由で免職となった。

その間、松坂署詰になって四ヶ月後の明治十七年三月二十九日、岡本亀尾《きを》を妻として入籍、亀尾は伊賀上野鉄砲町の岡本瀬兵衛の二女で三蔵より十三歳年下の、当時十六歳。入籍から一ヶ月余経った五月三日付の手紙を母宛に松坂より出しており、そこに、「乍御不自由、当地へ御出ヲ願度、左候得ハ万端都合ニ被存候間、何卒其御心組ニ相成度候」と書いて、母に松坂へ来て同居してくれるように頼んでいる。そしてその時から二十日ほどしての五月二十四日付の岡本瀬兵衛(妻の実家)宛に「大人御病気如何や御察し申上候旨、母、おき尾ヨリ申出候」とあるので、その時すでに母親が三蔵のところにきて同居しているのがわかる。妻の実家である岡本、妹の夫である町井という親戚が三蔵にはできたのだが、ことに町井義純を頼りにしており、母親が松坂の三蔵のもとにきたあとの「取片付方」を頼み、町井の「容易ナラサル御尽力」に大いに感謝している。

　このように、松坂での勤務は結婚した妻と、呼びよせて、やっと同居のかなった母との、いわば久しぶりに訪れた三蔵の平穏だったが、「兄」という心配の種子はついてまわる。同じ年の秋、明治十七年九月二十四日付の町井宛の手紙には「先般兄帰郷、其後何角御扼《ママ》介相成居候事ト奉推察候」とあり、兄貫一が帰郷して(どこからかは書かれていない)、「疥癬の病に罹り」、そのため仕事もできぬ様子を一ヶ月ばかり前にくれた手紙で知って「憫然ノ至リ奉存候」と書く。その兄への返事は今回はぶくのでその旨伝えてくれといいながら、剣道の強い義弟町井が「撃剣場新築落成」で上野署からくるかと推測して「何卒〱御出張渇望仕候」と書いて町井にはとても会いたがっているのは、「兄」へのうんざりする気分が伝わってくる。しかし、その「兄」がその年に結婚したらしい。翌年明治十八年一月七日付の年賀を兼ねた町井宛の手紙には「愚兄ノ一件即結婚其他貸金ノ件々非常ニ御周旋被下、御恩義肝ニ銘シ不可忘候、時宜ノ未タ至ラサルヲ以テ、万分ノ一モ報ツル不能、遺憾ニ罷在候、何分相換ラス御交誼厚ク奉冀候」とあるからである。すでに戸主となっている三蔵には、兄の結婚、金の工面までも肩にかかってくる。そのこともあってか、勤務する松坂署では「上給ノモノ欠員不致、一向上級ノ場ニ不至、遺憾ニ御座候」つまり上に欠員がないので巡査の階級が上らないのを嘆き、「烈風ノ柳ニ於ルノ心ヲ以テ、耐堪罷在候」というのである。

　津田三蔵は時折、家族親戚の者に物品を送っていて、この時は自家製の「鰯の酢漬」を町井に送り、手紙の末尾に、「鰯酢漬少々兄貫一へ御配分被下度候也」と書く。また、「おゆき(妹《ママ》＝町井妻)ノ所有ノベツカウノ櫛シカウガイモ変造調整至極別品ニ出来候間、同クシク通運へ差出置候也」というのは、おそらく上野より松坂の方が、櫛や笄のような女性の髪用アクセサリーの修理や塗り替えをする店があったために妹から頼まれたのであろうが、当時の女性のつましさもさることながら、そういうこまかいことにいちいち応じてやっているのがわかる。

　贈物といえば、まだ二十一歳で金沢にいた時、除隊になって帰る同郷らしい知合いの兵士に、家族のためにモノをことづけている。別段珍らしいものもなく、また重いものは無理だとことわって、次のように説明している。

「縮緬六尺、但シ白シ肉ヲリノ襦袢上下各一揃、別品サンノ襟リ一筋シ、但シ赤金縫縮緬」「肉ノ織ノ襦袢上下千代吉ニ、襟者《は》ゆき江、白縮緬者御尊母様江、附タリ、水色ノ風呂敷一揃、但し古きへーチャモクレテ御座リマスカラ、御面倒ナカラ御捨テ被下サレ《ママ》マセ、扨テ〳〵尊兄様江何カヨキモノヲト存候得共、何分高直《ママ》ニシテ、愚ノ力ラニ及ヒマセンカラ、折節黽勉《びんべん》仕リマシタ上ニテ、タント金子ヲ頂戴シマシテカラノコトニ致シマス」(明治九・二・一兄宛)

右の手紙の文面は、家族にモノを贈るという幸福感からか、いつもとちがい口語的で、「別品サンノ襟リ一筋」は妹を「別嬪さん」と呼んで親しみをこめた冗談口をまじえ、水色の風呂敷は古い「へーチャモクレ」だから捨ててくれというのも、おそらく冗談。大阪でも「ヘチムクレ」(ヘチャムクレとも)という語は使われる。おそらく同じ意味だろう。価値のない人、価値のないモノを罵る語で、古くて、もうドーショウもないものだから捨てて下さいというところだが、水色の風呂敷一揃は贈物を包んでいたものかもしれないが、気のおけない冗談。さらに、母へは白縮緬六尺、弟へは肉織の襦袢一揃、妹へは赤と金で縫とりした縮緬の半襟等の贈物がありながら、兄には、たんと(沢山)お金をもらってから、などと冗談でかわしてなにも送らないのは、兄に対する本意が見える。

明治十八年三月(十一日付)に三蔵の妻亀尾が妊娠七ヶ月になることを兄に知らせている。妻の実家はお産を里でといってくるが、妻本人が松坂で出産したがっていると伝えている。五月になり二十六日に女児安産を町井義純と兄への連名宛で知らせている。ただし安産ではあったが出産一週間前に亀尾が「麻疹《はしか》症」にかかっていた。松坂ではその月「麻疹大流行」で学校が閉校になっているほど。

長女が生れて三ヶ月もたたぬ八月一日、三蔵は巡査を「免職」になっている。理由は上席巡査侮辱による。実情はわからないが、酒席で上役をなぐったらしい。上役に欠員がなく、昇格できぬ不公平を「烈風ノ柳ニ於ルノ心ヲ以テ、耐堪罷在候」と嘆いていた三蔵である。

三十歳で妻と子と母を扶養すべき男子が、無職無収入となった。勤務地の松坂から伊賀上野徳居町へ帰り、ただちに職をもとめねばならない。八月二十一日付で滋賀県大津警察署の奥村警部補宛に志願書、履歴書を送って巡査職を依頼。九月には妻と乳のみ児の娘を妻の実家にあずけたままで大阪へ。大阪府巡査を志願して、採用試験を受けたのか、「拝命」を待って滞在している。まだ赴任の場所は定らないが、市街の巡査拝命なら、巡査合宿場に単身で一ヶ月間入って、そののち、家族のある者に限ってそこを出るのが規則だと町井に伝えている。ところが、十月になると、大阪で不採用になったか、大阪の水が合わぬと思ったかわからないが、滋賀県巡査職の試験を受けて、十二月四日に滋賀県甲賀郡水口《みなくち》署詰となっている。水口村には単身で移るが、一ヶ月も経たぬうちに、妻の実家から幼い娘が死去したと知らされる。生まれてまだ半年くらいである。その娘の死にも勤務のために帰郷できず、「定メテ町内ノ弊習有之処ニシテ、御迷惑至極奉推察候」と娘の葬式等でも世話になる町井義純にいわねばならぬ。「弊習有之処」と三蔵が感じているほどだから、娘の葬式にも戻らぬ父親は町内でどのように噂されるか。

水口村は現在甲賀市水口町で、草津線の「草津」と「柘植」のまん中あたりにある「貴生川《きぶかわ》」から、現在は近江鉄道本線が米原まで走っており、次が「水口城南」駅で水口城が近い。三重県で巡査を二度もしくじっているから、滋賀県で試験を受けたのであろうが、またも巡査を志願したのは、他にツブシがきかぬからではないか。つまりこの男には、明治二十年代に入ろうとするこの国で立身するための新時代の学歴がない。三蔵が巡査職で給付される月給七円というのは、決して高給でない。高給どころか、当時大工の日当が五十銭くらいだから、大工がひと月二十日働いて得る賃金十円より安いのである。もし、明治新政府が旧幕時代の家禄廃止のためにとった「金禄公債」の公債利子をまちがいなく給付していたとしても、三蔵は十五円五銭を年に二度受けとっていたにすぎない。元士族、津藩藩医津田家の三人の男子、兄はなにをしているのかわからず、次男三蔵が戸主となって巡査職、三男千代吉は東京に出てのちに月給五円か六円の電気工となっている。落ちぶれていく旧士族も多かったなかで、事実上の家長たる三蔵が妻と母と娘がおりながら、給料は安いとはいえ、巡査という安定した職を失うことが自明の、「免職」になるような上役とのトラブルをなぜ起したのだろう。

それはとにかく津田三蔵は三重県の巡査から滋賀県の巡査となり、明治十八年十二月水口署詰、翌明治十九年六月には水口より草津に近い石部《いしべ》分署に転勤となった。この石部分署でも、移った時「悪疫流行」で「各村落等へ出張」勤務は多忙。七月には妹ゆき(町井義純妻)が出産し、母を町井方に滞在させている。翌二十年二月には石部から今度は甲賀郡三雲駅田川巡査派出所勤務となっている。三雲は石部よりも南で水口に近い。現在の草津線では「石部」の次の次が「三雲」である。津田三蔵は滋賀県巡査になってより、県南東部、草津線にそって滋賀県の「草津」と三重県の「柘植」の間の地を上下していることになるが、水口「署」から石部「分署」、さらに田川

「巡査派出所」へという名称から見て、中央へのぼっていくのが、こういう職業の「出世」としたら、その逆の方向を感じさせるが、その田川巡査派出所へ異動になってすぐに、前年度「格別勉励」につき「慰労金三円」を給与され、六月には月俸が八円になっている。二年前、「免職」になったようなトラブルを起すことなく、地方の巡査職にハラを決めたためか、九月には窃盗犯捜査及び逮捕で賞金五十銭を下賜されるようなマジメなつとめぶりである。しかし翌年(明治二十一年)九月には東浅井《あざい》郡の速水《はやみ》署に転勤を命ぜられ、田根村駐在所勤務となる。速水は現在、東浅井郡湖北町速水、琵琶湖の北東、米原から敦賀に通じる北陸本線の「河毛」駅に近いが、当時ならかなり辺鄙なところで、母を呼びよせたいのはやまやまであるが、「南部甲賀郡トハ風土も大ニ違ヒ、従テ人情も同様ノ事ニテ、いろ〳〵苦心罷在候」(明治二十二・十・二)というのも無理はない。北陸に近い琵琶湖の北東部、冬には積雪があり寒く、南部の甲賀郡とでは気候はかなり異る。その速水警察署で村落第七区受持を命じられた三蔵は、またも忙しく、次のごとく町井義純に訴えている。

「当地警察事務ハ漸々頻繁ヲ来シ、就中戸口調査ノ周密ナルコト、凡ソ駐在所受持巡査ノ戸数ハ千戸ヨリ七百戸迄ノモノニシテ、毎月全戸数一回ノ調査ハ是非トモナサヽルヲ不得、尚ホ之レニ加ヘルニ、警察ノ取締ニ関スル営業者臨検ヲ始メ、前科者等ノ視察ハ月ニ三回已以《ママ》ノ臨検、其臨検ノ周密周倒《ママ》ナルコト実ニ驚クヘクモノニテ、其他盗難ノ実況上中書等ニテ犯者捜査等ヲ兼ね、寸分ノ余暇ハ無之モノ、如シ、然シテ戸口調査ノ成蹟《ママ》、監査、監督等有之、不都合ノ点ヲ発見スレハ、必ス懲罪ヲ喰ノモノナリ、恰モ戸口調査巡査ノ如シ」(明治二十二・十・二)

　政府によって全国の戸籍調査がはじめて実施されたのは明治五年だが、当時(明治二十二年)、湖北の「山辺僻地」と三蔵自身がいう、この東浅井郡速水の地にも、「戸口調査」がいかにきびしく行われていたのかがわかる。駐在所巡査の受持が七百戸から千戸で、他に臨検、捜査等もあって、寸分の余暇もなく、その「戸口調査」に少しでも不都合があると懲罰をくらう。これではまるで「戸口調査巡査」だと自嘲まじりの嘆きである。その「戸口調査」も、「目下米価俄騰貴」して、窃盗、強盗が多く、そのために昼間は中止して、「昼間ハ捜査」、「夜間巡回要路見張」で、「夜間ハ徹夜ナリ」の状況だというのである。

　にもかかわらず、徳居町の廣出方に間借りしている母が病気で、その母より「活計費金」を送れといわれていながら、妻が近々出産のため、その準備に金がいるので、もっと送りたいがと三円を送金しているが、かなり几帳面な性格らしい三蔵にはキッチリと母の生活費を送れぬのは心苦しいことだったろう。なにごともキッチリすることの好きらしいのは、前年、妻の実家から申し出てきて亀尾を里がえりさせた時、実家の岡本家から「猪田おてい」なる女性を迎えによこしたのだが、八日後に帰宅してくれといってあるのに、それからさらに五日経っても帰ってくれないのを、「帰ル日限ヲ忘ル、様ノ恰モ馬鹿モノ無神経ノ人物ナランカトモ被考」(明治二十一・四・三十)とまでいったことがあるくらい。また、速水署に勤務するようになってからだが、妻がかかっている医者に、もらった薬の服用で苦痛は去り、食事はできるようになったが、時々胸苦しいと本人がいい「月経ノ留滞ノ為メ、斯る苦痛候モ難計ニ付、伊賀国玉瀧木津善七ヨリ発売スル処ノ月さらへヲ服用致度旨申出候、右ハ御投薬ノ傍ラ服用候モ差閊不申哉、一応御伺申上度」(明治二十二・三・二十脇坂行三宛)と問い合わせてやったりするのも、なにごとにもイイカゲンにはできないのがよくわかる。この苦痛は月経のおくれだからと民間薬(「月さらへ」=血の道ぐすり?)をのみたいと妻が訴えるのを、医者のくれた薬と併用していいかと、わざわざ手紙で問合わせているのだが、当時の男(夫)とすれば珍らしいのではないか。やはり相当に、ものごとがキッチリと確認されないと安心できぬ性分のようである。

　この年の十一月、津田三蔵は「進級試検ヲ受ケ、級第《ママ》ノ上本月(十二月)十一日九円俸給与相成申候、不肖大僥倖ニテ存外ノ至リ有之候」と義弟町井義純に報告している。

二年前の十二月には、職務に「格別勉励」のため慰労金二円八十銭、翌年十二月には二円五十銭を給与されているが、それにしても、進級し、月俸が一円あがって「大俸」とは。巡査になりたてのころの「免職」を思えば、仕事に「勉励」これつとめているのであるが、明治二十三年九月には東浅井郡より琵琶湖ぞいに南下して守山警察署詰となり、三上村駐在所勤務となった。現在の守山市は草津市のとなりだが、三上村駐在所というのは三上山(近江富士)のふもと、野洲郡三上村にあった。

おそらく速水から三上村駐在所に転じたばかりの頃と思える手紙(月日、宛名、ともに不明)に、赴任のため、遠路を雑荷運搬での意外の失費、しかも米価騰貴で「一時困難極」、その上任地では需要品の購入がすべて現金払、さらに加えて息子の元尚が病気でその手当のための出費で「財嚢払底」、それゆえ「送金渋滞」しているが、月末には俸給収入より「金五円程」は送るべく心組みしており、十二月になれば余裕もできるだろうから、その時はまた送金すると記している。母宛かどうかは不明ながら九円の給料から五円送るというのはキツイ。おそらく当時「かけ売り」が一般的で、生活に必要なモノはたいてい月末或いは年末までツケで買えたのに、それができぬとたちまち「財嚢払底」となるギリギリの暮しなのがわかる。また、三蔵には、長女(みへ)が生後一年もたたぬうちに死に、その後次女(みつ)、長男(元尚)が生れているのがわかる。

ところで、この手紙で「兄」の噂を聞いたことを伝える個所は目をひく。「曩日同僚某と酒間対話中、談偶々愚兄貫一の事に及ひ、先般栃木□へ仕官し、目下内務省へ出仕致居れる旨申聞、実ニ信憑し難き旨答へつるに、既ニ名面を変称せし由ニて、更ニ其名面忘却したりと更ニ告けす、兄弟の間柄宜敷新聞に広告し、捜査してハ如何と迄申聞たり、実半信半疑、恰南柯の夢の如し」

先方(先の手紙の宛先)から兄についての問合せがあり、それに答えている文面だが、兄貫一はこの時点で、行方知れずの模様。名を変えて栃木県庁(?)につとめ、目下内務省に出仕しているとの噂を同僚との酒の席で聞かされたが、三蔵はとうてい信じられない。さらに先方に、「愚兄の挙動御察知有らは、一寸御聞せ被下度、御倚頼申置候也」と記している。

8

明治二十四年五月十一日、大津で思いもかけぬ目にあったロシア皇太子ニコライ(当時二十二歳――誕生日が十八日なので、間もなく二十三歳)は、十四歳の時から銃殺される五十歳までの日記五十一冊を書き残しているそうで、遭難の日の五月十一日の分ももちろん記されている。

ところで、大津にやってきた「ロシア皇太子一行」はいうまでもなく五人や六人ではない。ニコライはモノマフ、ナヒモフ両随行艦、コーレッチ、ジビット等の軍艦四艘を先頭とするロシアの軍艦パーミャティ・アゾヴァ号で明治二十三年十一月から九ヶ月半にわたる東方旅行の途中、日本に立ち寄ったのである。エジプトからスエズ運河でインド洋に出、インド、セイロン、シンガポール、ジャワ島、サイゴン、バンコク、香港、広東、漢口を経て長崎に四月二十七日に到着。五月五日まで長崎に滞在、鹿児島から海路で神戸へ、神戸からは鉄道で京都へ向い、京都見物ののち、五月十一日、人力車で大津に出かけたのである。

大津への「皇太子一行」は、警察及び知事、接伴員、随行員らの先導で、皇太子のうしろに、いとこであるギリシアの皇子ゲオルギオス、有栖川宮威仁《たけひと》親王、ロシア公使シェーヴィッチ、ロシア東洋艦隊司令官ナジモフらが人力車四十余両(一説に百両)で「単行一列」となって続き、列の先端から最後尾まではほとんど百間(約百八十メートル)ほどあった。この行列を迎える大津、つまり滋賀県警は警官百六十余名、大津第九歩兵連隊を警備に出していた。しかも「一行」の通る道にはどこも両側に見物人がびっしりと群れていた。道は狭く(事件のあった道路幅は二間半――約四・五メートル)、見物人の群の間を人力車の列がゆくのであるから、後方はおろか、列のなかごろにいる者からも先頭の方でなにかあっても見通せない。

その「瞬間」はニコライの日記に次のように記されている。

「人力車で同じ道を通って帰途につき、道の両側に群衆が並んでいた狭い道路を左折した。そのとき、私は右の顳顬《こめかみ》に強い衝撃を感じた。振り返ると、胸の悪くなるような醜い顔をした巡査が、両手でサーベルを握って再び切りつけてきた。

とっさに『貴様、何をするのか』と怒鳴りながら人力車から舗装道路に飛び降りた。

変質者は私を追いかけた。だれもこの男を阻止しようとしないので、私は出血している傷口を手で押さえながら一目散に逃げ出した。

群衆のなかに隠れたかったが、不可能だった。日本人自身が混乱状態に陥り、四散していたからである。走りながらもう一度振り返ると、私を追いかけている巡査の後から、ゲオルギオスが追跡しているのに気づいた。」

皇太子が巡査に斬りかかられているのに、随行員がだれも助けにこないのは「人力車で長い行列をつくって行進していたからで」、三両目の有栖川宮親王でさえも、何も見えなかった、というのである。

警護中だった滋賀県警巡査津田三蔵が突然走り出て、サーベルを抜いて皇太子に帽子の上から一太刀あびせ、頭部を傷つけた。驚いた皇太子は人力車を捨てて逃走し、三蔵は追いかけた。ギリシア皇子ゲオルギオスは車を降り、日本で買った竹の杖で三蔵の背を乱打した。その時、皇太子の人力車の車夫向畑治三郎が三蔵の両足をつかまえて引き倒し、三蔵は刀を落した。するとゲオルギオスの車夫北賀市市太郎がその刀で三蔵の首と背部に切り付け、そこに警護中の巡査らが集って三蔵を捕縛した。瞬間の出来事だったので、後方の車に乗っていた随行員は事件が起ったことを知らず、前方が騒々しいのに気付いただけだったそうだから、皇太子本人の日記は冷静なのがわかる。

ニコライは有栖川宮威仁親王に助けられて、すぐ近くの呉服店の店頭の床几に腰かけ、威仁親王のハンカチーフをかりて自身で血をふきとり、侍医の応急手当を受け、そのあとタバコを喫って落ちついていた。県庁に戻ると、知事は傷の治療にあたらせるべく京都、大阪、神戸の病院長を電報で呼ぼうとしたがニコライはそれらをことわり、神戸に停泊中のアゾヴァ号から軍医を呼んで、京都の宿所で治療させた。皇太子の傷は、「頭部右側顳顬部ニケ処ノ切傷一ハ前ヨリ後ヘ掛ケ長サ凡ソ九サンチメートル深サ骨ニ達シ其骨ヲ切リ取リタルコト長サ七ミリメートル幅三ミリメートル」「一ハ同部ノ下方前ヨリ後ヘ掛ケタル斜創ニシテ長サ七サンチメートル深サ骨膜ニ達ス」と記録されるが、これは大津予審で訊問を受けた日本人侍医の「魯国皇太子殿下侍医某ヨリ伝聞セシ所ナリ」という証言にすぎず、裁判判決は傷の具体的な詳細を示していない。

人力車が一列に並んですすむ両側、ひしめく狭い道の見物人を背後にして警護の巡査が配置されていた。津田巡査が抜刀してニコライに近づいた時、あまりに予期しないことであったために、近くにいた警護巡査も、それをとどめ得なかった。群衆のなかから刀を振りかざしてだれかが飛び出して、ニコライに向っていったのとはちがい、同僚から凶行者が出るとは思いもかけぬことだったからである。

津田巡査を捕縛した江木巡査が、同町の、自身の家の筋向かいのところにいたのだが、津田を家の裏へ引入れておいて、大津地方裁判所予審判事、検事に急報させ、大津警察署詰炊殿警部を呼寄せた。その間に「不取敢《とりあえず》」「皇太子殿下ヘ危害ヲ加ヘタル要領」を、滋賀県警の警務課長であった西村季知が津田巡査に訊問した。

「右問答ハ予審判事及検事ノ来ル迄ニ為シタルトコロノモノナリ」とあるから、おそらくそれらの「答」は、凶行のあとすぐに、最初に公的に発せられた津田三蔵の「声」の記録である。

問　汝ハ何警察署詰ノモノナリヤ

答　守山警察署詰デス

問　汝ノ本籍ハ何レナリヤ

答　三重県伊賀国阿拝《あへ》郡上野町字徳居町デアリマス

問　汝ノ身分ハ如何

答　士族

問　汝ノ年齢ハ如何

答　安政元年十二月生デアリマス

問　汝ハ旧何レノ藩ナルヤ
答　藤堂和泉守ノ家来デアリマス
（中略）
問　汝ハ一己ニテ皇太子殿下ヘ対シ奉リ危害ヲ加ヘタルカ
答　全ク私一人デアリマス
問　汝ハ如何ナル考ヲ以テ危害ヲ加ヘタルカ
答　西村警部、誠ニ済マヌコトヲ致シマシタ、実ハ御警衛ニ立チ居リテ俄カニ逆上シマシタ故ナリ
問　如何ナルコトヲ為シタルヤ
答　如何ナルコトヲ為シタルカ、一時目ガ眩ミマシテ覚ヘマセヌ
問　汝ノ首筋ノ傷ハ如何ナシタルカ
答　何カ私ノ後ヨリ「ヒヤー」トシマシタ切リデ一向覚ヘマセヌ
（後略）

ここでは、問う側が「身分」と旧「藩」名をたずねており、津田巡査は、「士族」はともかく、「旧藤堂藩」でなく「藤堂和泉守ノ家来」と答えている。この時は明治二十四年で廃藩置県から二十年経っているが、彼の意識か自覚かはいざ知らず、この

ひとが西南戦争で戦った時、明治新政府の「兵士」としてだったのか、「藤堂和泉守ノ家来」としてだったのか、昭和生れの者には推察しがたい。ニコライ皇太子に随行したジャーナリストのウフトムスキーが、「この事件は十五秒か二十秒の間の出来事であった。犯人の悪党を見るために駆けつけてきたロシアの駐日公使シェーヴィチが、津田の野獣のような顔を決して忘れないぞというと、津田は歯を剝き出し、俺は武士《さむらい》だ、と答えた。シェーヴィチを見上げる津田の目は、激しい憎悪で燃えていた」と書いて、三蔵が「自分は武士だ」と答えたことになっているが、実際は次のようななりゆきだった。三蔵が犯行現場から近い江木巡査宅の裏に移された時、すぐに、日本語に通じた外国人二人(ひとりはロシア公使シェーヴィッチ)が入ってきて、江木巡査に「兇行者は何者か」とたずねた。その声に「元藤堂和泉守の藩士である」と三蔵が答えた。この時も、「滋賀県の巡査」でなく「元藤堂和泉守の藩士」だと名のっている。それを聞いた江木巡査が「藩士」という語は外国人に通じにくいのではと危惧して、「昔の侍なり」と三蔵の言を説明、補足したところ、かれらはわかったような様子で立去ったという。つまり、三蔵本人が「自分は武士だ」とはいっていないのだが、「犯人は武士」となり、それがロシア公使からロシア外務大臣にまで届き、外務大臣は日本の公使にそのことを問い合わせている。

西村警部の訊問でもうひとつ注意を惹く答は、凶行を「俄カニ逆上シマシタ故ナリ」としていることで、だから、自分がその時「如何ナルコトヲ為シタルカ」を覚えていないといい、後方から背中をゲオルギオスの竹の杖で乱打され、車夫に足を払われてサーベルを落し、もうひとりの車夫がそのサーベルをひろって後方から斬りつけてきて傷を受けているのに、なにか後方が「ヒヤー」としただけでいっこうに覚えていないというのである。この凶行は、誰とも相談することなく、それについての書置きの類もいっさいなく、まったく「一人」で行ったといい、しかも「御警衛ニ立チ居リテ俄カニ逆上」の上のことであるというのである。

次に、急報に接して現場にかけつけた、大津地方裁判所の予審判事土井庸太郎に、「何故ニカヽル事ヲ為シタルカ」と「動機」を問われて津田は答えるのだが――。

「皇太子殿下ガ我瑞穂国へ傲然御来遊ナリシハ(以下聞キ取レズ)我ニハ三度迄最敬礼ヲ為シタルモ何ノ答礼モナシ……記念碑ノ所ニテ実ニ慷慨ニ堪ヘマセン……我　皇帝陛下ハ実ニ御叮嚀ナル御待遇ナリ……直チニ東京へ御出ニナリ我ガ……皇帝陛下へ御挨拶アルベキ筈ト思ヒマス」

この答を土井判事がはっきりと聞きとれなかったのは「同人ハ後頭部ニ創傷ヲ帯ビ出血甚シク為メニ応答スル能ハザル」ためだったのである。土井判事と共に現場にかけつけた、同じ予審判事三浦順太郎は次のように記している。

「三蔵は已に巡査江木猪亦、同吉田保同居宅の裏庭に引致せられ、両手は厳に後ろ手に縛し、空箱の上に腰掛けしめ、数名の警官が之を見張っていた。近づきて見るに、後頭部に一大創傷を負い、出血淋漓として背部に流れつつあり、因て直ちに医師を招かしめ、治療を命じたが、当時各人周章て、或は訊問を急ぐものあり、或は治療を急ぐものあり、混雑を極めた。而して治療を為すに当り、三蔵は先ず縛縄を解きくれと求むるも、周囲の者之を危ぶみ、多少躊躇したが、予は同僚と協議し、断然縛縄を解き、応急の手当を為さしめた。その間予は現場を検証し、又土井判事と交るがわる犯人を訊問したが、犯人は、精神の昂奮せると、負傷の痛みとで、発言吃々、一向に要領を得ず、止むなく追って入監後訊問することとし、犯人を膳所監獄に護送せしめ、先ず証人の訊問に着手した。」

この三浦の説明で西村訊問のあと予審判事ふたりがかけつけてからの、「犯人」津田の様子がよくわかる。つかまった津田は、首と背中を自分の落したサーベルで車夫に斬られて、血を「淋漓」と流したまま後手にしばられて空箱に腰かけさせられているのである。その傷は――。

一、枕骨結節ノ稍下部ニ於テ、両耳後ニ向ヒ弁状ノ切創アリ、長サ凡ソ四寸五分、

深サ一寸五分、

一、背部ノ中央第三脊椎部ニ於テ斜メニ切創アリ、長サ凡ソ二寸、深サ七分、

一ヶ所は首の真うしろに、両耳の下あたりまでとどく花弁状(半円状)に切りキズがあり、その半円が約十四センチ、深さが五センチ近い。もう一ヶ所は背中のまん中、脊椎の三番目に斜めに約六センチの刀痕が入り、その深さが約二センチだから、ことに首のうしろの傷は深い。

このような傷で血を流しながらも縄を解かれないのだから、「精神の昂奮」と「負傷の痛みとで、発言吃々」であったのは想像できる。それでも、犯行の動機に関して、最初の「逆上の上から」が、「記念碑の所で三度も最敬礼したのに何の答礼もなく実に慷慨に堪えぬ、我が皇帝陛下が丁寧に遇しているのだから、まず東京へ行って皇帝陛下に挨拶すべきである」との説明になってきてはいる。

コトが起ってみれば、津田巡査の「犯行」は当時の政府、政治家にとって「日本国」の存亡にかかわりかねぬとんでもない「大事件」であったから、その発端から犯人「処罰」までの過程が、記録され、検証され、さまざまに解釈されているが、「犯人」以前の津田三蔵もその「動機」もよくわからない。津田は、大津の裁判所で四回の訊問を受けており、はじめはたんに「逆上の故」だったものが、次第に「愛国の情

から」となって、いわば「動機」が訊問によって再構成されていく。ところで事件後すぐから「犯人は狂人」説が流れ(流され?)、新聞も争ってそれに加担した。「犯人」の精神鑑定のために、妻、母親、弟、妹の夫、同僚巡査、上司らから「犯人」の性格や行状が裁判所によって聞き出される。

当時二十三歳の妻は、その日夫は朝七時に家を出たが、ただ、時間が遅れるというばかりで、ほかのことはなにも話さなかった、ロシア皇太子が日本に来るとの事も一昨日までなにも話さなかったといい、次のように答えている——。

問 平生西洋ノ悪口ヲ言ヒ居リシ様ノコトハナカリシヤ

答 左様ナルコトハ少シモ申シテハ居ラザリシ

問 是迄発狂セシ様ノコトハアリシヤ

答 自分ノ嫁シタル後伊賀ニ居リシ時少シ狂人ノ様ナル様子アリテ困リタルコトアリシ

問 其発狂セシ如キ有様ナリシハ何年程前ナリシヤ

答 自分ノ嫁シタルヨリ十日モ経ヌ間ニ右ノ様子アリシコトアリ

問 其時ノ様子ハ如何ナリシヤ

答 人ガ側ニ来ルヲウルサシトテ追ヒ遣ル位ナリシ

問　発狂セシ如クナリシ時間ハ如何程ナリシヤ
答　一週間程ハ全ク狂人ノ如クナリシモ一ヶ月程経テ漸ク快クナリタリ
問　一昨日立出ルトキハ平素ノ通リナリシヤ
答　左様少シモ気ニ掛ルコトモナカリシナリ
問　狂人ノ如クナリシハ伊賀ニテ一度アリシノミニテ其後ハ斯ル模様ナキカ
答　松坂へ参リシ後モ折々加減ノ悪シキコトアリシカ直クニ引籠ツテ療養サセテ貰ヒシ故狂人ノ様ニナリシハ伊賀ニテ一度ノミナリ

嫁して(同居)十日も経たぬ時に、夫が「狂人」のようになって困ったという。ただしそれは、ひとがそばにくるとウルサイと追いやるくらいのことで、一週間ぐらいそういう状態が続き、一ヶ月ほどでおさまった。その後(松坂勤務後)も時折そういうことがあったが、勤務を休んで家にいることにしたら、つまりひとを避けたら、「狂人」のようにはならなかった。妻は、夫が「狂人のように」なったことがあるとはいっているが、それは他人ばかりでなく妻をもおそらく避けてヒトリになりたがるのを、「狂人のよう」と感じたのであって、津田三蔵が「狂人」だったといっているのではない。もし「狂人のよう」に妻に思わせるほどに他人(女＝妻)とのはじめての同居が「ひと拒否」を発症させたのだとしたら、それがヒトリ病(?)のひき金になったとも考えられるが、三浦予審判事から命ぜられて、「犯人」の精神鑑定をした医学士の野並魯吉は次のように書いている——。

「一、齢三十年ノ比《ころ》妻ヲ娶レリ当時親戚朋友日ヲ撰マズ時ヲ問ハズ旦ヨリ暮ニ至ルマデ踵ヲ接シテ来訪ヲ受ケ其受クル毎ニ酒宴ヲ張ツテ饗応シタルニ朝時ハ精神爽ニシテ別ニ異状ヲ覚ヘズト雖モ日晡ニ移ルニ従ヒ飲ム所ノ酒量漸次相嵩ムニ至テハ逆上シテ譫語様ノ言ヲ発シ又人ノ近接スルヲ厭ヘリ但シ暴言ヲ発シ人ヲ害セントスルノ状ハ毫モ之ナク又僅カニ五六日間ニシテ全癒シ爾来再発セシコトナシト云フ」

この内容は、野並医師が収監中の津田を往診した時に得たものであるが、当時のその土地(伊賀上野)の、或いはその時代の「社会習慣」が垣間見える。津田三蔵が「嫁とり」をしたというので、親戚、知り合い、友人らが日を選らばず、時なしに次から次へと来訪。祝いのためが名目だから来訪者あるごとに酒肴を出してもてなさねばならない。客に酒を出して、本人はいける口ではないが飲まぬわけにはいかないので、それが重なると、午前中はまだいいとして、夕方から夜に及ぶ時は酒量もかなりとなるので、わけのわからぬことをいうようになり、ひとがそばにくるとうるさがって避けた、ただし、暴言を吐いてひとに危害を加えるようなことはなく、一週間もせぬうちに治り、再発はなかった、というのである。

三蔵の母親は事件当時六十二歳、伊賀上野徳居町の大工廣出甚七の家の一隅の狭い部屋を借りうけて麻の糸績《う》みを賃仕事にし、三蔵からの仕送りにより暮していた。その母の曰くに――。

「三蔵は今より七、八年前に三日程気の狂ひたることあり。それより気が短くなりし様なり。明治九年《ママ》鹿児島戦争に赴きたる頃は身体も更ろしかりしが、その後両三度大病に罹り、病名判らざるも多分に血を吐きたることあり。その病後右の気狂を起したり。右以外には気の狂ひたることなく、唯時々逆上すると申し、頭へ水を掛け居たることあるが、明治二十一年十月以後は別居致しその後の模様は知らず。発狂したるときは何か目に見える様子で、ただそれを退りぞけたがり居たるのみにて、刃物を持つとか死なねばならぬなぞと騒ぎたる様の事なし。素行は余り固すぎる程、謂はば小胆の方なり。」

ここで、三蔵が七、八年前に三日程気の狂ったことがあると述べているのは、九年前、妻が同居後十日もせぬうちに夫が狂人のようになったとの答に符合する。また母親も三蔵が「気狂」した時は、なにかが目に見えるようで、ただそれを退けたがっているだけで、刃物をもち出すとか、死ぬと騒ぎたてるようなことはなかったというのも、そばにひとがくるのをうるさがって追いやる程度だったという妻の三蔵「狂人」

状況と重なる。時なしに、次から次へと祝酒をのみにくるひとに、自分のための「祝事」だからイヤな顔のできない下戸の三蔵は「もう勘弁してくれ」「ヒトリにしてくれ」と内心悲鳴(?)をあげているのだろうが、それはだれにもわからず、妻には「狂人のよう」に見え、母には「気狂」のごとくに見えたのであろう。この当時のひとにとり、変った様子、変った振舞をあらわす語は「気狂」「狂人」或いは「瘋癲」で、「ウツ」「神経症」のようなコトバは世間に流通していない。「ウツ」や「神経症」に到るまでには、「ヒステリー」「神経衰弱」「ノイローゼ」「精神病」、その前には「脳病」があった。精神病院は脳病院であった。

母親は息子三蔵の素行を、「余り固すぎる程」、つまり「小胆の方」という。大胆でないというより、なにごともキッチリしないと気がすまず、こまかいことをいちいち気にする方だというのだろう。妹の夫、町井義純も三蔵の性質を問われて同じようなことを述べている。

「自分ハ姻族ノミナラズ幼年ノ頃ヨリ文武ノ学事ヲ共ニシ能ク其為人ヲ承知致シ居レリ、其性質ハ寡言沈黙ニシテ人ト交際スルヲ好マズ先ヅ頑固トモ称スベキ人物ニテ格別胆力アルモノトモ覚エズ、既ニ明治四年頃藩兵ニ召募セラレ翌五年三月名古屋鎮台ニ入営シタル時モ自分ハ共ニ服役セシガ、三蔵ハ瑣末ナル事ニモ懸念シ時々自分ヨリ忠告セシコトモ有之、実ニ小胆ナル性質ニ有之候」また、三蔵が三重県の巡査を依願退職した時の病気を問われて、「病名ハ確ト知ラザレドモ間違ヒタルコトヲ申シ、瘋癲マデニハ至ラザルベキモ折々精神ノ狂フ様ノコト有之、其際ノ始末ハ母ガ頭脳ヲ冷ヤシ遣シ居タルヲ見受ケタリ」と答えている。

さらに妻の兄岡本静馬はこんな風にいう。

「(三蔵は)鹿児島戦争より帰りたる後、上野警察署詰巡査となりたるも多少気の狂ふ様なことあり辞職、その後明治十六年中妹を妻にやりたるに婚姻の七日位後より又気が狂ひ出し自分共が参るにも妻や三蔵の母が跣足で勝手から入つて呉れと云ふ程足音を畏れた程で、その後全癒し松坂警察署詰巡査となりたり。三蔵は平素人から問はれれば答へるが好んで言語を接しない謂はば人付の悪い人物で、性質は頑固――」

ところで、三蔵の結婚の時期であるが、先の精神鑑定者野並魯吉の聞取りでは「齢三十年ノ比妻ヲ娶レリ」となっている。「三十歳ごろ」であって、本人もハッキリ結婚年をいったわけではない。妻亀尾を入籍したのは明治十七年三月で、この時を「結婚」とするならば、三蔵は満二十九歳である。しかし、野並の調書にあるような、時をかまわず親戚知人友人が「祝い」にきて、もてなしのために疲労コンパイで、ついにヒトの近接するのを病的に嫌ったと記しているのは、妻の答える「自分ノ嫁シタル後伊賀ニ居リシ時少シ狂人ノ様ナル様子アリテ」と同時期のはず。三蔵は兵役満期で伊賀上野に帰ったのが明治十五年一月、三重県巡査となり上野署詰になるのが十五年三月十五日、そして五月二十七日にはその巡査職を「病気」のため「依願退職」している。また三重県巡査となって松坂署詰になるのは明治十六年十一月十九日で、松坂では母をよびよせて、妻、母の同居となる。妻が「嫁シタル後伊賀ニ居リシ時」というのは、松坂へ移る前でなければならない。ということは、亀尾が三蔵に「嫁した」のは明治十五年三月十五日以降、松坂へいく明治十六年十一月以前の時期になるはずである。ただし、この時「入籍」はしていない。当時は、「入籍」が挙式(もちろん今のように、ホテルや教会でではない)及び同居の後かなりたってから(多くは第一子が生れたのち)であるのは普通なので、亀尾が虚言を吐いたのではない。しかも、「依願退職」の理由が町井の言によると「病気」――「ヒトをうるさい」と避けて、妻や母が「気ちがいのようになった」という――であるのだから、明治十五年三月十五日、三蔵の就職が決ってのち、依願退職した五月二十七日以前に「嫁とり」が行われたものと思われる。尚、亀尾の兄が「明治十六年」に妹を嫁にやったといいながら、婚姻後七日後より気が狂い出し、その後全癒して松坂署詰巡査となると証言しているが、前述の亀尾の証言から見て明治十六年は思いちがい。明治十五年五月とすれば、三蔵は二十七歳、亀尾は十四歳である。

また、上野署で同僚であった巡査は、「三蔵は奉職中気の狂ふた様なこともなきも一種の風変りである。一例は、食事する為め一時受付交代のことを依頼するも更に応ぜざる人物にて万端薄情のもの。辞職後気の狂ふた趣を聞き及ぶ。三蔵は平素他人と言語を交へざる人物故大胆か小胆か不明、平素他人と言語を接せず或はその挙動も常人と異り居たる故神経病と察す。自ら病気と称して辞職せり」と述べている。

これらからわかるのは、津田三蔵というのは極端に「他人と喋らぬ」男であり、そのためその挙動が同僚からは「常人と異り居たる」と見られることもあった。西南戦争から帰り、三重県上野署の巡査となり、二十七歳の時結婚(未入籍)するが、その結婚から一週間ぐらいの間、時なしに、ひきもきらずくる客人の饗応のため、酒とヒトに疲れはて、妻の兄が訪れた時などは、三蔵がヒトの足音を恐怖するのでハダシで勝手口から入ってくれと妹(三蔵妻)や三蔵の母にいわれる始末。時なしにくる祝い客を「適当にあしらう」ような真似のできない三蔵にとって、ヒトが次々来訪してその相手をしなくてはならぬのがいかに苦痛であったかを示している。おそらく母親のいった「小胆」は、こういう、なにごとにもマジメに対応しすぎることをいったのだろう。母や妻らは「狂人」のようだったというが、三蔵はその苦痛を「病気」と称して理由にし、早くも依願退職したのである。

ところで、これまでよくわからなかった兄貫一と父親津田長庵のことが、裁判所の町井義純、弟千代吉らへの訊問によって明らかになってきた。

兄貫一は、町井によると明治十年西南戦争の際、警視庁が各県から巡査募集をした時応募した。「巡査」といっても、この時はかれらで「新選旅団」を編制して西南戦争のための政府側兵士とともに参戦させるのである。

東京本郷区森川町の巡査、元前橋藩士の喜多平四郎も、同僚二十四人とともに、明治十年二月九日に九州出張が命じられ、東京府下から六百人の巡査が召集され、十一日に横浜を出航して九州へ向ったという。二月十七日、喜多ら二百人が長崎に上陸、急に銃器弾薬を渡され、西郷が出兵し熊本に向っていることを知らされて、翌日熊本に出発を命じられたとの由。なにしろ「士族」のほとんどは失業中であるから、三重県では巡査応募者百余名。弟千代吉も応募していた。その百余名の巡査応募者が、三重県の警部の監督下に上京。その途中、兄貫一は暴飲のためか、熱田から所在不明のこと多く、挙動がおかしいので医師の診断の結果、弟千代吉を付けて箱根から伊賀へ送還された。貫一は明治十九年に越中富山に行ったがそのまま音信不通。事件当時も、弟によれば行方不明だが、どういう根拠からか、弟千代吉は、その「雅号」はわからないといいながら、貫一が「「書」ヲ以テ諸所ヲ徘徊シ居リマス」と答えている。事件後一ヶ月、六月十三日愛知県下某村で旅行中死亡といわれている。

弟千代吉が、兄貫一が諸国を放浪している(徘徊できる)のは、その「書」の腕によるとしているのは注目される。「書」を教えることを生計の道としているのか、「書家」として「書」を売りながら、いわば地方のパトロン(注文者、或いは買い手)方に滞在してはあちこち歩いているとしたら放浪の芸能者、或いは漂泊の芸術家(?)なのか、いずれにしても、兄貫一が、以前から能書家であったから先の弟の訊問への答えがあったのだと思える。町井義純が三蔵の受けた教育について訊問されて、「旧藤堂氏ノ藩医ニテ津田長庵ノ次男ニ有之、士格以上ノモノニ付当時ノ規則ニ依リ九歳ヨリ十五歳マデ藩ノ学校ニ入リ漢学習字其他武芸等七年間修学セシモノニ付普通ノ教育アルモノト存候」と答えているが、三蔵の兄貫一もまた三蔵と同等、もしくは長男ゆえにそれ以上の教育を受けているかと思われる。三蔵自身も、兵士として金沢に滞在中、英語仏語を習いたいがその時間を与えられぬのを嘆きながらも、「書」は金沢では唯ひとり巻菱湖に学んだという笹田蔵二なる先生のもとに稽古に通っている旨手紙に書いていたのを思い出させる。三蔵の手紙の字も、能筆といってもいいから、軍隊でも連隊の書記を命じられていたのだろう。もし、兄貫一が、弟千代吉のいうように

「書」をメシのたねにするほどだとしたら、世が世なれば、父の業である藩医を継ぐか、それが不可能なら、書家として立たぬまでも、文芸に関するシゴトで藩に仕えていたかもしれないが、時代が変って「巡査」に応募し、「不平士族」と戦うために鹿児島に送られるところだったのである。失業中ゆえやむなく応募したものの、途中でトンズラするというのも、早くも嫌気がさしたか、はなから「規則」「規律」には不適応のゲイジュツカだったということなのか。このころの弟千代吉自身は、東京で電気工をしているが、「俸給ハ何程取ルカ」と問われて、「六円カ七円位ニテ実ニ日々ノ生活ニ差支ヘルガ如キ次第ナリ」と答えている。

かれらの父津田長庵は藤堂藩江戸詰の医師で、伊賀上野に移住した時は中風症に罹っていたのでくわしくは知らぬ、と町井はいい、長庵の妻、即ち三蔵の母は長庵の死を「二十六年前ニ五十三歳ニテ死亡シタリ」「水毒ト云フ病気ニテ死セリ其訳ハ東京生レノモノナル処、当地へ引移リ土地ノ変リタル為メニ起リシモノノ由当時医師ヨリ聞取リタルナリ」と答え、弟千代吉も「今ヨリ二十六年前ナリシガ死去致シマシタ」と答えている。事件当時から二十六年前といえば、三蔵が十歳の時のことになる。

「自分ハ姻族ノミナラズ幼年ノ頃ヨリ文武ノ学事ヲ共ニシ能ク其為人ヲ承知シ居レリ」と当時士族の子の町井義純がいう通りなら、三蔵は幼年期から伊賀上野に住んでいたことになる。

「三蔵が七、八歳の時父長庵は剣を弄して藩規に触れ、家禄百石を褫奪《ちだつ》せられ伊賀上野に放逐せられ、同町三ノ町に住居したが、生涯狂人として蟄居せしめられた。」最初にこの事件を包括的に叙述した尾佐竹猛は『大津事件』に「余篇」として加えた「津田三蔵」のところで書いているが、これは「法曹会雑誌」に連載された「湖南事件の回顧」(十三)――筆者名は「雨」だが、尾佐竹本人で『大津事件』はこの「湖南事件の回顧」をモトにしている。尾佐竹が長庵の蟄居をなにによって知ったか不明だが、これに従うと、三蔵が数え年七ツか八ツのころに伊賀上野に移住してきており、数年後に死去したとすると、町井が述べた三蔵九歳から上野の藩校でともに学んだというのと合致する。長庵は「津藩藤堂家に医を以て仕え、家禄百三、四十石を領した」のだが、そのうち百石を褫奪されたとすれば、長庵存命中は三、四十石の家禄で家族六人が暮していたことになる。それにしても医師であるのに「剣を弄して」というのはどういうことだったのか。「狂人として蟄居」とは、本来なら厳罰のところ武人でなく医師ゆえに「狂人」(乱心?)ということにしての「蟄居」だったのか。「狂人として蟄居」というが、妻は夫が「精神ノ狂ヒタル様ノコトナキヤ」と問われて、「其様ノ事ハ之レナシ」、さらに、長庵の両親、その親族中で精神病にかかった者は聞いたことがない、と訊問に答えている。

それはともかく、父が家禄の多くを失い、しかも放逐の上の「蟄居」であれば、その長男貫一(この時、十五歳か十六歳)に将来はあるのだろうか。父親の病死は廃藩置県の五、六年前である。明治五年、十七歳の次男三蔵が名古屋鎮台へ。二十五歳の長男はおそらく戸主であるため徴兵は免じられたと思われるが、失業状態である。三蔵兵役中に兄から三蔵へと家督がゆずられ、兄は戸主でなくなっている。明治十年西南戦争が起ると、兄貫一と弟千代吉は揃って巡査募集に応募して上京途中兄の乱行で帰され、結局また失業状態。下級士族は廃藩で多くは零落したが、家長が家禄の多くをとりあげられたのち放逐、蟄居ののち病死してしまった津田一家は、明治維新で時代が変った時には、「書」(或いは学問)には長じていても、おそらくは生活力がなく、酒好き、というより酒におぼれる二十五歳の失業者の長男と、十三歳の三男と十歳の女児(妹)とかれらの母親がとり残された。長男に代るべき次男三蔵が、三年の兵役で家にはおらず、その三年が、三蔵の書簡に記されていたように、ついには二十六歳までの「十年の兵役」となってしまうのである。

尚、尾佐竹猛の『大津事件』(モトの「法曹会雑誌」掲載の「湖南事件の回顧」も同様)の余篇「津田三蔵」には兄の名が「貫一」でなく「養順」となっているが、裁判の訊問では、三蔵も千代吉も兄の名を貫一としている。

9

『坂の上の雲』の著者司馬遼太郎は、日露戦争当時のロシア皇帝ニコライ二世について書いたところで大津事件に触れ、津田三蔵を「精神医学でいう狂人ではない。思想的狂人であろう。」といい、さらにつづけて「憂国的感情という、ときにもっとも危険な心情をうみやすい精神がかれにおいてははげしい。それがはげしすぎるわりには、その心情を秩序づけるための知識と良識がきわめてとぼしく、結局は論理を飛躍させ、行動で自分の情念を表現しようとする。津田は素朴な攘夷主義の信者であった。さらに日本が欧州の大国とくにロシアから侵略をうけようとしているという、そういう危機意識で心をこがしていた。」としている。

巡査津田三蔵は裁判所の精神鑑定によっても「精神医学でいう狂人」でなかった。しかしはたして「思想的狂人」であったかどうか。「素朴な攘夷主義の信者」であっ

の人望あった西郷が山のなかに逃げひそむとは狂気と書いたくらいであり、西郷の死で官軍の勝利を大よろこびで報告する手紙まで書いているにもかかわらず、西郷生還のデマを一笑に付すことはできないでいるのである。

事件のすぐ前、五月一日に三蔵は帰郷している。この帰郷の時に、町井義純宅を訪れ、平常無口な三蔵が町井に次のように述べたという。――「今度露国皇太子ガ来ラレルソーナガ、夫レニハ西郷モ共ニ帰ル由、西郷ガ帰レバ、我々ガ貰ツタル勲等モ剝奪サルベシ、困ツタコトダ」と。町井が、滋賀県の駐在所には新聞は無いのか、西郷云々の虚説たることは近頃の新聞は明瞭にしているではないかというと、三蔵は「駐在所ニハ新聞ハナイガ、ドーモ実事ナラント思ヘリ　ナゼナレバ露国ノ皇太子ガ日本ニ御出ルナラ先ヅ東京ニ御出ニナルベキニ鹿児島ニ一番ニ行カル、ハ西郷アル為メナルベシ　一体表門ト裏門ト取違ヘタル様ノ噺ナリ」といって西郷帰国を信じているように見えたが、その話題はそれきりになったという。

もっともこの三蔵の言は町井が聞いたとして述べたものであり、三蔵が西郷生還説を信じきってのものかどうかはわからない。むしろ同じ戦争の体験者であり、同じ勲七等をもらった義弟に、世間ではこんな噂があるが、もしそうなら、我々のもらった勲章もとりあげられるかもしれんなあ、との、心安だての世間話ととれぬこともない。

三蔵が、西郷生還説――西郷以下諸将がロシアに亡命、ロシア皇太子一行とともに帰ってくるとの蜚語――に動揺したのは、次のような新聞記事を見たか聞いたかしたからかもしれない。即ち、町井宅来訪の一ヶ月ほど前の朝野新聞(四月七日)に、さまざまな流言による西郷の生死に関することが「明治大帝の叡聞に達し、陛下則ち微笑み給ひて、戯れに侍臣に宣はすらく、隆盛帰らば其れ彼の十年の役に従事せし将校等の勲章を剝がんもの耶と、承るも畏きことにこそ」と書かれていたのだ。かの流言を耳にされた明治天皇が侍臣に「戯れに」いわれた言葉――隆盛が帰れば、将校以下のあの十年の役で授けた勲章はとりあげねばならぬな？　とのいわば生還説をおかしがってのジョークに、三蔵はマジメに反応してしまったのか。

三蔵にとって、西南戦争(十年の役)実体験が、いかに深く心に残っているかが、予審の第一回供述によくあらわれている。

まずなぜロシア皇太子への不敬の行動に出たかを問われて次のように答える――。

「元来露国皇太子殿下ノ此度我国へ来遊セラレタルハ如何ナル理由ナルカ　新聞紙上ニテハ或ハ我国ノ地理形勢ヲ察スルガ為メナリト云ヒ　其他種々記載アリマシテ自分モ是レニハ迷ヒマシタガ　第一」(此時又沈黙シテ稍々暫ク答弁セズ)

ここで津田三蔵が、ロシア皇太子が日本の情勢を窺うためにきていると思いこんでいる背景には、事件当時兵庫県知事だった林董《ただす》の回顧録によると次のごとき事情があったようだ。

ひとつには当時のロシア公使シェーヴィッチが、妻が身分上からロシア皇室に出入できないので、皇太子の日本来遊で手柄をすれば皇帝のお覚え改まると、あらん限りの歓待をすべく日本の外務省にかけ合うことしきりで、余り騒ぎたてるものだから、公使がそこまですることもないとの世評があった。

その前に、イギリスの王族が来日の際は、日本皇族はきわめて丁重な待遇をしてきたが、小松宮がイギリスに行かれた時の待遇はこれまでで「最も薄待」だったので、大津事件の前年の明治二十三年にイギリスのコンノート伯夫妻来朝の時は「儀式上の御待遇」以上はなかった。一方ロシアではこれまで日本の皇族はどこよりも「懇篤親切」な待遇だったので、ニコライ皇太子来遊には、日本皇室でも盛大な待遇をするべく準備をしていた。

それを、神戸在留のイギリス人、ことに「口さがなき商船の船頭」などが「嫉妬の情」もあって、「露国皇太子は日本征伐の為に、此国の虚実伺わんとて、此度艦隊を将て来遊するに、之を歓待するは敵に馳走するに均し」などと、「我国の下等人等に話し聞かする」のが、口から口へと伝って、果てはロシア公使シェーヴィッチの挙動をよく思わぬ「無責任なる新聞記者が、如斯主意にて社説を掌する」ので、それが少なからず「思慮なき輩の心を煽動すること」になり、神戸警察では不穏の挙動ある者を察知して約三十人を召喚、皇太子遊覧の二時間、事なきをえたという。新聞の「不謹慎」――つまり、ロシア皇太子来日の根拠のない目的を書きたてた新聞は、「兇行者たる巡査津田三蔵が精神を狂わするに力ありたるや、疑なし」というのである。

「天皇陛下ニ対シ相済マヌ様ナレド　此度露国皇太子殿下ノ御来遊ニ付テハ　我人民ハ毎々ハ陛下ニモ優ル程御待遇致シテ居リマスルニ　新聞ニテ見受クルモ殿下ハ左程トモ思ハレザルガ第一東京ニ御出デニナリ天皇陛下ヘ御挨拶アルベキニ　之ヲ長崎ヘ来リ鹿児島ヘ廻ハリ　我々ハ三度モ最敬礼ヲ致シ居ルニ　何ノ御答礼モアリマセン第一三井寺山記念碑ノ傍ニ自分ガ警衛シ居リタルニ　其時モ自分ガ敬礼ヲ施スモ一寸見ラレタ斗リナリ、記念碑ニ対シテハ　何カ敬礼デモアリサウナモノト思ヒタルモ何ノ敬礼モナク　自分ハ洋語ニ通ジザル故　何ヤラ話シ居ラレタルハ分ラザレドモ指示シテ何ヤラ云ハレ　車夫ヘ申スヲ聞クニ　是レカラ唐崎ヘハ幾ラトカ　石山ヘハ幾ラトカ云ハレ　ドーモ慷慨ニ堪ヘマセンカラ　直グニモ遣付ケンカト思ヒタレドモ予テ此度ノ警衛ニ付キ署長ヨリ叮嚀ニ御警衛致スベキ旨諭示セラレタルコトモアリ大抵ナラバ忍バント　其場ハコラヘ　三度目ニ小唐崎町ニテ警衛ノ際　又モ敬礼ヲ加

ヘタルニ　何ノ御答礼モナク　ドーモ悲憤ニ堪ヘマセン　ダカラヤリマシタ　誠ニ済マヌ事ナリシ」といっておいてから、「答礼ヲセヌトカ敬礼ヲセヌトカ、左様ナ些細ナ事ハ　ドーデモ宜ロシ　毎々ハ色々思ヒ込ミタルコトアレド訥弁ニテ申上ゲ難ケレバ宜敷御推察下サレタシ」というのは、胸中の重さを語り出せぬもどかしさがあり、それなら新聞等で色々書かれていることを見て慷慨の心を抱いての凶行かと問われて次のように答える。

「新聞抔ハドーデモアリマセン　記念碑ノ前ニテ西南ノ役ノ事ヲ思ヒ出シ　色々胸ニ浮ビ　死者ニ対シテモ感慨ガ起リマシタ」――(此時被告ハ暫ク答弁モ猶予シ呉レト申シ立テタリ依テ二三分経タル後再ビ其訊問ヲ為ス)

西南戦争記念碑のそばに立った時、「西南の役」の事を思い出し、さまざまなことが胸中に去来、自分の目が見たその戦争で死んだひとびとへの感慨が急に湧き起ったのだといって、供述を続けられなくなり、しばし黙したのである。それでさらに次のように問われる。

問　先刻申立テタルニハ　敬礼ヤ答礼位ノ些細ノコトニテ　此所為ニ及ビタルニアラズト云フガ　其真実ノ原因ヲ申立テヨ

答　ハイ

(此時又沈黙ス)

問　ドーダ　予テ思フ所トハ如何

答　ヘイ申上ゲマス

(此時黙シテ答ヘズ)

問　ドーダ

答　記念碑前ニテ(云々申シタルモ語尾分ラズ)

問　其方ノ意中ハ此方ガ察スル訳ケニハ参ラズ能ク申立テヨ

答　国家ノ為メニ尽シ陛下ニ対シテ恐レ多シ細カキコトハ一々申上ゲ難シ只ダ自然ノ感覚ガ起リタリ

(此時黙ス)

問　ドーダ

答　何ガナシニ

(此時又黙ス)

問　然ラバ理由ハ後トニシテ——

三蔵がコトバにつまり黙ったままなので、問う方は質問を変えるのだが、あれほど相手の「無礼」に悲憤慷慨したと申立てながら、そんなことは「些細ナ事」で、それがゆえに凶行に及んだのではないといい、その上、新聞で知ったこと(ロシアの偵察説)など「ドーデモアリマセン」とこれも否定。肯定したのは「記念碑ノ前ニテ西南ノ役ノ事ヲ思ヒ出シ　色々胸ニ浮ビ　死者ニ対シテモ感慨ガ起リマシタ」なのである。

「西南の役」は記念碑の前に三蔵が立った時から十四年前のことである。左手に後遺症の残る「名誉の負傷」により勲七等を受けたことは、三蔵のこれまでの最高の誇りではあるが、好き好んで新政府の「兵士」になって九州へおもむいたわけでも、また十年もの間兵役に服するのをすすんで望んだわけでもない。しかし、そのイクサでの「負傷」により金百円が下賜され、勲章を受けたのである。これらのほかに、兵役十年の間にイイ事があっただろうか。しかし、十一日に記念碑の前に立った時、湖の方で次々にあがる皇太子歓迎の花火の音があの田原坂の戦の時にあげられた花火の音、それを的に撃つ激しいタマの音を思い出させ、「色々胸ニ浮」んだのは戦場の光景であり、そこでの「死者」だったのである。それら戦場での具体的な光景、はじめて見る大量の死者、その死者たちへの思いは、常は無口で「訥弁」の三蔵に、簡単に、明瞭に言語化しうるほど単純なものではなかった。「細カキコト」はいちいちいいにくいが、やはり「自然ノ感覚」が起るのは抑えられない。「死者ニ対シテモ感慨ガ起リマシタ」の「感慨」が「自然ノ感覚」に運ばれて三蔵の凶行を押し出す震源にひろがっていたのだとしても、本人がその「感慨」の具体を語りえず、他人はそれを知ることはできないのである。

10

松尾芭蕉は伊賀上野の出身である。父親は無足人(両刀を許された準武士待遇の農民)であったが、のちその資格を失って普通の農民となった。芭蕉はその次男である。おそらく十代の後半から俳諧に親しみ、十九歳のころ、藤堂藩伊賀付き士《さむらい》大将(五千石)藤堂新七郎家に召しかかえられた。それは、当主の息、主計《かずえ》良忠が京都の北村季吟の門人(俳号蟬吟)で、そのお相手役として奉職することになったのである。近習役であるが、出身が武家でなく(元)無足人であるから、台所方としての実務だったろうといわれている。

次男の芭蕉は、長子相続の当時、もし藤堂家に武家奉公していなければ、部屋住の居候だから、蟬吟のお相手役にえらばれたのは、出世の糸ぐちだったのであるが、芭蕉が二十三歳の時、蟬吟は二十五歳で死んでしまう。それで二十九歳の時、俳諧師として生きてゆくべく江戸に下る――。ともあれ松尾芭蕉は若い時の一時期、「藤堂藩の家来」であった。

その芭蕉の墓所は知られるように湖南膳所《ぜぜ》の義仲寺にある。芭蕉は大坂で病死するが、遺言で義仲寺（木曽塚）に葬られる。其角の「芭蕉翁終焉記」に記されるように、門弟十人が大坂八軒家から棺を夜の河舟にのせて淀川をのぼる。明け方、伏見に着き、そこから義仲寺まで遺骸を運んで、葬礼ののち木曽義仲の塚の右側に土葬した。

義仲寺はＪＲ膳所駅（大津駅から二分）から五百メートルほどの旧東海道ぞいにあり、現在はそこから湖岸まで三百メートルほどの間、湖のきわまで高層集合住宅、ショッピングセンター、スーパーマーケット、ホテルのような高層のビルディングが櫛比しているが、当時は湖岸が今より義仲寺に近いところにあったらしい。湖岸が埋めたてられて現在のように高層建物の土台となっているのだろう。其角も「芭蕉翁終焉記」に、芭蕉は景色のいいところが好きだったので、長等山、田上山も目の前、琵琶湖の「さざ波も寺前によせ」、舟もよく見え、木こりの通う道には鹿、田舎の空に雁、となればさぞかしご満悦と記しており、もし、現在の高層の建物群がなかったならば、琵琶湖と瀬田川の方向に粟津原が見通せるわけだから、まさに風光の上で申し分ない場所であっただろう。其角も先の「終焉記」の最後の署名の前に「於粟津義仲寺牌位下」と書いており、粟津の合戦で死んだ木曽義仲の墳墓（義仲寺）のあるあたりまで、古くは「粟津」であった。近江八景のひとつ、ドイツの作家ダウテンダイが大津の巡査を物語にした「粟津の晴嵐」——。

その粟津原に膳所城があった。現在は石垣の一部しか残っておらず、そこは城趾公園となっているが、城のあった場所は、湖にせり出していて、北には琵琶湖の奥——今は近江大橋がすぐ近くにあり、そこを渡れば草津市だが、昔はそんな橋はなかったから——をのぞみ、南は瀬田の唐橋まで粟津原の美しい松並木が続く、見晴しバツグンの城だっただろう。膳所七万石の藩士菅沼外記定常は禄高五百石の重臣、その伯父なる僧が住いした庵を修復し、屋根をふきかえて芭蕉に提供したのが幻住庵で、ここに元禄三年の春から夏の終りころまで三ヶ月半ほど芭蕉は過して「幻住庵の記」を書いた。幻住庵は膳所城よりずっと石山寺寄りにあり、人家から離れている。ここからの景色を「比えの山・ひらの高ねより辛崎の松は霞こめて、膳所の城このまにかゝやき、勢多の橋は粟津の松原につゞきて、夕日の光をのこす。三上山は士峯の俤にかよひて、むさしの古きすみかもおもひいでられ、田上山に古人をしたふ。——」とほめたたえている。膳所城のあたりより幻住庵は高所にあるから、遠方まで見はるかすことができたのだろう。

ところでこの庵を芭蕉は七月二十三日に引き払って大津に出ているが、その際、庵の提供者菅沼外記(俳号曲水、この時江戸勤番中)の弟高橋喜兵衛(俳号怒誰)に、郡代衆(郷村支配の役人)に届けるべきかと曲水にたずねたら、しなくても差しつかえないだろうといっておられたので、村の庄屋に届けていきましたと手紙で報告している。つまり、芭蕉は「定住民」ではなく、「他国者」「無宿者」「浪人」が滞在するのをきびしく詮議され、取締まられていた時代に生きていたのである。漂泊の詩人が、弟子の庵をちょっと拝借してましたではすまぬ、徳川幕府の時代であった。それでも芭蕉には大津を中心に湖南には、曲水のほかに尚白(大津の医師)、千那(堅田本福寺十一世住職)、乙州(大津の荷問屋、伝馬役)、珍夕(のちに号を洒堂、膳所の医師)等々の門人がいて、生活面でずい分助けられている。

大津にくると義仲寺に泊っていた芭蕉に「幻住庵」を提供した菅沼曲水(のちに曲翠)は、元禄二年冬、膳所滞在中の芭蕉と初めて会い、入門、芭蕉の信頼厚かったひとだが、元禄三年当時、曲水は三十一歳、二十七年後の享保二年、膳所藩の重臣(家老の説あり)の不正を憤って鎗で刺し、自身は切腹した。元禄七年十月に没した芭蕉はこのことを知る由もないが、大津、膳所の門人のなかに曲水のように血なまぐさい死に方をしたひともいたのである。ただ、曲水は膳所藩士、つまりサムライであるから、たとえ悪人でも上役を刺せば切腹だったのだろうと納得されるが、藤堂藩の藩医であった津田長庵が、家禄の大半をとりあげられてのち追放、生涯蟄居、となったその原因が「剣を弄し」たためであったというのは、なにがあったのだろう。医者でありながら、藩中のだれかを斬るべく剣をふりあげたのか、それとも、だれかを斬ってしまったのか。長庵が江戸詰だったゆえか、藤堂藩の日誌「廳事類編」にその記載はない。その長庵の子で、「藤堂藩の家来」「藤堂和泉守ノ家来」を名のる滋賀県巡査津田三蔵がサーベルで斬りかかった相手はロシア皇太子だった。もっとも津田三蔵の「事件」だけは江戸時代ではなく明治時代に起ったので、「切腹」でも「蟄居」でもなく、法治国家として裁判が行われたのだった。

津田三蔵に斬りかかられたロシア皇太子ニコライが明治二十四年(一八九一)四月に日本を訪れたのは、五月三十一日にウラジオストックで行われるシベリア鉄道の起工式に出るその途中である。シベリア鉄道——全長七四一六キロが開通するということは、モスクワからユーラシア大陸を横断して、太平洋岸のウラジオストックまで鉄道(陸路)が通じるということである。飛行機が日常化した今のわれわれが想像する以上に軍事的にタイヘンなことであった。それはたんに往き来が便利になるというくらいのことではない。起工から十三年後の一九〇四年(明治三十七年)九月にシベリア鉄道が開通すると、モスクワ経由でパリからウラジオストックまで約三週間でつながった。

現在、日本からヨーロッパへの観光旅行は飛行機の利用が普通で、十数時間でたいていの国の都市に到着する。よほどの物好きならいざ知らず、ヨーロッパ行にシベリア鉄道を利用するひとはごく少数しかいないだろうが、戦前には船よりは早いので乗るひともいた。一九七〇年の夏、わたしはハバロフスクからモスクワまで七泊八日のシベリア鉄道に乗った。モスクワまでの七泊八日の間に、二度も食堂車での夕食をとりそこねた。食事時間はきまっていたのだが、同じ国内で時差があり時間が変ったのをうっかりしていて、改めて広い国土を実感したのだった。当時は社会主義のソ連だったので、外国人の行動には制限があり、モスクワ駅に着くと列車の降り口には外国人旅行者ひとりひとりに迎えのひとが待っており、名前を確認し、全員揃うと、政府さしまわし(?)の車に命じられた人数で乗せられて、しかるべく決められたホテルにつれてゆかれるという、スパイ映画の一シーンのような感じであった。とにかく七泊八日同じ列車で、ほとんど一日中視界をさえぎるものがなんにもない日もある土地をゆくのであるから、シベリア鉄道には「堪能」した。

ともあれ、シベリア鉄道の開通は、当時の世界の海を支配するイギリスをゆさぶる。ヨーロッパからアジアへ行くには、船しかなかったが、鉄道により陸路が可能になると、ロシアは陸軍を短期間に東アジアへ送ることができる。ロシアはイギリス海軍にはばまれることなくモスクワから直接に清国、朝鮮はもとより、日本にも軍事的に出てゆける。日本から見れば、それは脅威にほかならない。

「大津事件」に関する書物には、津田三蔵の起した事件は明治国家及び国民を「震撼させた」と必ず記されている。明治二十四年五月十一日、明治政府も国民も「ふるえあがった」ということなのだろうか、ロシアへの恐怖で。ロシア皇太子らの軍艦は神戸沖に停泊していたが、皇太子の頭を斬りつけられて、軍艦のロシア人たちが上陸して「攻めてくる」かもしれぬと「おびえた」ひとがいたとしても、当時なら笑えなかっただろう。事件翌日、急遽京都に向った伊藤博文に、万一ロシアが軍艦から兵を上陸させ、わが国土を一時占領するようなことがあったら、謝罪とは別問題で国権上黙視できぬゆえ追払わねばならぬと伊東巳代治がいったというのだから、シモジモの妄想を笑えない。巡査津田三蔵も、琵琶湖を見はるかす三井寺観音堂上の西南戦争記念碑前で、ロシア人ふたりがあちこち指さし、日本人車夫が這いつくばって地面に地図らしきものを描いているのを見て、新聞記事のせいもあるとはいえ「偵察」だと思ったのも、皇太子ニコライの訪日が日本を「攻める」ための視察だとの風説が庶民レベルにまで信じられていたのを示している。「恐露病」というコトバまであった。だからこそ、シベリアへの途中、日本に立寄るロシア皇太子をお迎えするに最上級の歓迎をするつもりでいる。ところが地方の一巡査が、こともあろうに、その皇太子にふいに斬りかかり、頭にキズを負わせてしまったのだ。

五月十一日に「事件」が起り、その日のうちに明治天皇名代として北白川宮能久親王が医師団とともに京都に向う。十二日朝六時三十八分宮内大臣、侍従長を従えて明治天皇が新橋駅出発。夜九時十五分すぎ京都着。青木周蔵外相、西郷従道内相らが奉迎した。

11

「五月十二日　火曜日　九時間半もよく眠った。気分は爽快。部屋着のまま座っていて、ほとんど動かなかった。日本間が非常に気に入った。障子や戸を開けておくと空気がどっと入ってくるからだ。

日本中のあちこちから、すでに訪問したところからも、まだ訪問していないところからも、昨日の悲しむべき事件について私に見舞状を送り届けてきた。一日中、神社や学校、団体や商店からの見舞いの品物が庭から届けられてきた。見舞いの電報も数知れない。夜十時には天皇ご自身が二人の親王を連れて東京から到着された。」

事件の翌日の皇太子ニコライの日記だが、このあと日を追って、日本国民あげての空前絶後の謝意表明の一端である贈物の山――。

「大阪から私への贈り物を満載した汽船が来た。焼き菓子、酒樽や果実酒、糖菓や饅頭などが山ほどあった。これらはすべて六日(露暦)に乗組員に与えられる。私も自分のために多くの美しい物品を留めおいた。それは日本で買った品物を補充することになろう。そのほか鳥や金魚も贈られた。」(五月十六日)「今日また大量の贈り物を運び込まれ、どこに片づけていいか困るほどだった。長崎から鼈甲商人が『カステラ』を持ってきた。」(五月十七日)「大阪からまた山のような贈り物が届いた。天皇、皇后両陛下からの贈り物もあった。」(五月十八日)この日はロシア皇太子の二十三歳の誕生日なので、天皇からの贈物は掛け軸一幅、皇后からは黒塗藤蒔絵書棚一個、北白川宮と接伴委員から花輪二個が届けられた。

「事件」の二日後の五月十三日には有栖川宮熾仁親王、伊藤博文らを従えて前日京都に着いていた明治天皇は午前十一時に常盤ホテルにロシア皇太子を見舞い、その日神戸沖に停泊中のロシア軍艦に帰って休養するニコライと同じ車輛で京都から神戸まで同行した。天皇の見送り同行はロシアから懇請されたもので、ロシア側が途中のニコライの危険を心配してのことだった。

十五日には京都御所で御前会議が開かれ、ペテルブルグへの謝罪使節派遣と、津田三蔵の死刑が決った。謝罪使節派遣の方は、ロシア側からの辞退でとりやめとなり、三蔵死刑の方は、青木外相がロシア公使シェーヴィッチに、もし来日中の皇太子になにごとかが起った場合は日本の皇室への罪と同じにするとの口約束が事前にかわされていたともいわれるが、この「事件」をネタに賠償その他の難題をふっかけられてはとの不安が背後にある。とはいえ、時の外相が、津田を死刑にしたいが日本の法律にはその明文がないのでできない、できたらそちらから死刑を要求してもらいたい、そうすれば外交上必要という口実で死刑が実行できる、とロシア公使に頼み、それを公使がことわっていたというくらいであり、副島種臣に至っては「法律もし三蔵を殺すこと能わずんば種臣彼を殺さん」とわめいたというし、内閣全体が死刑説といってよかったが、大日本帝国憲法が発布されたのは明治二十二年、第一回帝国議会が開かれたのが明治二十三年なのだから、憲法、議会があるといっても、この時は実施されてからまだ一年か二年しか経っていない。今の感覚では、政府要人が国益をそこなった「犯人」は早く殺してしまえなどというのだから驚くが、「当時の内閣は維新の元勲を網羅したとはいえ、維新とは当時の政治法律を無視して、否むしろこれを破壊しての大事業である。また天誅とか暗殺とかの流行した環境に成長した人々である。これらの人々が恐露病に懊悩し、国難来の妄念に襲われて血眼となったのである。一も二もなく死刑々々と極ったものと推測すべきである。」(尾佐竹猛)との解説もある。もちろん裁判の前に政府が死刑の決定を下すのは三権分立の近代国家日本としては、司法権を無視することになるが、そういう正論は、ロシア側が賠償等を求めてこないことがわかってからあとで出てきた由。いずれにしても、政府は「事件」によってロシアの対日感情が悪くなるのを極度におそれて右往左往の態――。

明治天皇の見舞を受けた日のことをニコライは次のように記している。

「五月十三日　水曜日　天気よく陽気に起床し、新しい部屋着である着物を着て散歩した。日本のものはすべて、四月二十九日(露暦で大津事件の日)以前と同じように私の気に入っており、日本人の一人である狂信者がいやな事件を起こしたからといって、善良な日本人に対して少しも腹を立てていない。かつてと同じように日本人のあらゆるすばらしい品物、清潔好き、秩序正しさは、私の気に入っている。また道を行き来する娘たちに遠くから見とれていたことを認めなければならない。

午前十一時に天皇陛下にお目にかかった。天皇は非常に興奮しておられ、元帥服を着ていたが、ご心労のあまり顔がひどく醜く見えるほどやつれていた。

その後でアゾフ号に帰ってほしいという電報を受け取り、帰る準備をし始めた。四時に天皇と同じ馬車に乗って京都駅に向かった。さようなら京都よ。六時に神戸に到着。街頭には大群衆がおり、軍隊が配置されていた。」

皇太子は母からの電報による命令で京都から軍艦アゾフ号に戻って療養したが、翌日の十四日には「午前に包帯をとり、傷口を検査し、洗浄したところ、よく癒着していた。」と記しており、頭に受けた傷は治っている。この日には接伴委員長の有栖川宮以下日本側接伴員をアゾフ号艦上に招待して、許されればこのまま日本旅行を続けたいと述べているが、それが社交辞令なのか、本心なのかはともかく、やはりアゾフ号に帰艦した時は大いに安堵したと見え、「甲板にあがると心臓が強く鼓動し始めた。艦隊の将校と乗組員全員がすばらしいウラーの声で私を迎えてくれた。私が自分の船室に下りたとき、彼らはゲオルギオスを抱き上げて胴上げし、艦内をねり歩いた。気分爽快。こんなに早く家にいるような幸福感にひたってすばらしい。」(五月十三日)とも記している。ロシア側が明治天皇に京都から神戸まで同行してもらって安全を期したのも、日本の一部の右翼が「第二の大津事件」が起ってもおかしくないのだとロシア公使に脅迫状を送っていたからである。なんといっても、皇太子はまだ二十三歳になったばかり、父母であるアレクサンドル三世とその后を日記では、パパ、ママ、と西欧風に呼ぶ青年である。

　皇太子は自国の軍艦に戻ってホッとしたが、事件二日後の日記に、「狂信者」に斬りつけられたからといって日本や日本人が嫌いになったわけでないと記し、そういう態度をとることがいわゆる帝王学のせいかどうかは別として、外国旅行中にふいに刀で斬りかかられるというのは生涯忘れることのできぬほどの衝撃であったのはまちがいない。その後革命で退位する前年まで、毎年この「事件」のあった日がくると、必ずその日の日記に「今日は神のご加護とゲオルギオスのおかげで助命された大津事件の日だ。」というように記している。しかし、「あの日」を思い出して「犯人」へのウラミを記すようなことはなく、日本や日本人の悪口はいっさい書かない。皇太子ニコライが「大津事件」のせいで日本や日本人を生理的に憎悪し、日本人を「猿《マカーキ》」と呼び、公文書にまでそう書いたという大蔵大臣ウィッテの言説が、真偽を問われぬままひろがっているらしく、『坂の上の雲』にもそのように記されているが、日露戦争に皇太子の日本への憎悪の感情を結びつけている文章に出合うことがママある。

皇太子ニコライが大量にとどけられる見舞品の山に驚き、困っている様子が日記でうかがえたが、日本を去る十九日の日記の最後の部分には、ついにうんざりするとまで書いている――「錨を上げる前に贈り物の分配や名刺への署名、日本人接伴員との別れの挨拶にうんざりするほどだった。午前四時に京都からの最後の山のような贈り物を受け取り、錨を上げて神戸港から七艘の軍艦が長い列をなして出港した。一艘の日本の巡洋艦が先導した。」

おそろしいばかりの大量の贈物(見舞品)は、もちろん少しでもロシアとロシア人の感情をやわらげ、なだめようとする政府に、あらゆる階層のひとびとが呼応、協力しているからである。それになによりも、「事件」後すぐに明治天皇がじきじきに見舞いのため「西都に行幸ましまし」たのであるから、当時のシモジモはじっとしているわけにはいかないのである。官公庁、府県市町村、貴族院、衆議院、政治団体、商工組合、全国の公立私立学校、官民あげて、慰問の電報、見舞状を送り、見舞品を贈った。そういう情況になると、見舞をしおくれると非国民になるというのか、とにかく「われもわれも」となってゆき、十二日には、吉原遊廓の各楼主は音曲停止を申合わせ、洲崎遊廓は慰問状を出そうとしたが商売柄をはばかってやめたというし、品川、新宿、板橋、千住等の悪所も音曲を停止したというくらいの協力ぶり、というか自粛。東都の遊廓でさえこれなのだから、京都市内の興行物は休業、遊廓も鳴物停止で、見舞状、見舞品だけでなく、皇太子のキズ平癒のための祈願、祈禱が各神社、寺院、教会等で行われた。しかしなんといっても最も極端な協力は山形県某村での、「津田の姓を付するを得ず」「三蔵の名を命名するを得ず」との村条例の決議であろう。

　とにかく中央のエライひとから山村の村長さんまで見舞に京都へ向い、小学校の子供までが見舞状を送るのだから、見舞電報、見舞書状、見舞の物品が軍艦に山をきずいたのは想像にあまりある。この手の日本人の自主的協力ぶりは、昭和天皇の「下血」報道のころより崩御に到る時期の「自粛」を思い出させる。もちろん皇太子は軍艦七艘でやってきているのであるから、見舞品が積みきれぬということはないだろうが、最初上陸した長崎、続いて訪れた鹿児島、神戸、京都等でも、気に入った書画、工芸品をはじめ、高級品からキッチュなものまでミヤゲ物を大量に買いこんでいるので、日本国民からのモノ攻めには困惑の態である。

こちら日本側が、こともあろうに大事なお客様の頭に刀で斬りかかったのであるから、謝っても謝りすぎることはないかもしれぬが、政府ばかりか、こういう尋常でない国民あげての謝意は、コワイ相手を怒らせてはまずい、怒りが大きくなる前にできるだけ頭をさげておくに越したことはないとの卑屈が、礼儀の対等感覚をゆがめての大協力となったのであろう。

ロシア皇太子は、自分が助かったのはいとこのギリシア皇子ゲオルギオスが、犯人を追いかけて手にもっていた日本の竹杖でたたき倒してくれたおかげだと思い、命の恩人と日記でもくり返しているが、その犯人の足をつかまえて引き倒し、犯人の落した刀をひろって、首筋と背中を斬りつけて倒した人力車の車夫ふたりも命の恩人として皇太子から扱われた。車夫の「犯人」への斬り方は過剰防衛とされなかった。皇太子は日本を去る前、俥をひく時のハッピ、モモヒキ姿のままという注文で車夫両人をアゾフ艦上に呼び出して、勲章とホービをとらせた。ただし、そのホービ、津田巡査の俸給が事件当時九円であったことから見てもアキレルばかりの大金——各人に一時金二千五百円、それに加えて終身年金として金千円を与えるとのことであった。因みに日本政府が車夫ひとりひとりに与えたのは年金三十六円である。車夫たちはシゴトの時にかぶる饅頭笠に盛りあげた貨幣を押しいただき、感極まって泣きながら退出したそうである。

12

津田三蔵のひき起した事件のせいで、東京から政府のエライひとたちが次々に大津にきた。事件のあと、江戸時代とちがい、裁判が大津で行われるからであった。現在、京都駅から大津駅へは十分たらず(JR東海道本線=琵琶湖線)であるが、当時は京都から大津まで一時間かかった。それは、京都から伏見稲荷まで南下し、山科、大谷、逢坂山トンネルをぬけて馬場《ばんば》駅(現在の膳所駅)へ、そこから大津(現在の浜大津)までは山岳電車にあるようなスイッチバックで到着という、遠まわりの、まわりくどい鉄道だったからである。この鉄道は明治十五年七月に開通したが、当時の京都・大津間の運賃は、上等五十銭、中等三十銭、下等十五銭である。細民は日常を銭単位で暮している時、車夫が皇太子からもらった一時金二千五百円、終身年金千円がいかに大金か想像がつこうというものである。

馬場駅から大津(浜大津)まで湖岸をスイッチバックしていたのは、逢坂山トンネルの出口から直接に大津へ向うには標高差が約四十五メートルの急勾配だったのでそれを避けたためである。裁判等で大津入りするひとたちは馬場駅で降り、帰京にはそこから乗車した。

この馬場駅を舞台とする、おもしろい「一場」が伝わっている。

時の内務大臣は西郷従道で、西郷隆盛の弟である。五月二十七日大津地方裁判所で開かれた裁判で、津田三蔵は通常の謀殺未遂罪で無期徒刑となった。大審院院長児島惟謙《これかた》が司法大臣と内務大臣をそれぞれ旅宿に訪ねてこの結果を報告した。山田顕義《あきよし》司法大臣はこの判定によって「司法権ノ鞏固独立ハ之レヲ以テ社会ニ明示スルニ足ルベキモ然カモ行政官ノ困難ヲ如何セン」といったが、西郷内務大臣は報告を聞いて「何故ニ凶悪ナル津田三蔵ノ生命ヲ絶ツヲ得ザルカ。国家ノ安寧ハ之レニ因リテ傷ケラレ、今ヤ戦争ハ必然避クベカラザルモノト為レリ」といい、その「言辞憤懣頗ル激昂セルモノノ如シ」であった由。ロシア皇太子への凶行は日本皇室へのそれと同じとするならば津田は死刑であるが、そうでないなら死刑ではない。それにしても五月十一日に事件が起り、二十七日に裁判の結果が出ているのは、今の時代の裁判の感覚からするとおそろしくスピーディーに運ばれている。

とにかく裁判が終り、翌二十八日午前一時十五分の馬場駅発の汽車で、山田、西郷両大臣は検事総長以下随行一同と帰京する。児島院長は各府県知事や諸判事ら多くのひとととともに馬場駅に大臣らを見送った。児島によると、その時西郷内務大臣とのやりとり次の如し――。

「然ルニ何ノ暴状ゾ。大臣タルノ地位ヲモ顧ミズ、西郷内相ハ車窓ヨリ大声罵倒シテ曰ク。

児島サン耳アリマスカ。

ト繰返ス事両三回。予モ遂ニ黙過スルヲ得ズシテ、

西郷サン眼ハアリマスカ。若シアレバ御覧ナサイ。

ト。西郷内相ハ遂ニ暴言ヲ放チテ曰ク。

最早裁判官ノ顔ヲ見ルノモ忌ヤデス。私ハ踏出シテ負ケテ帰リタル事ハアリマセン。今度始メテ負ケテ帰リマス。此結果ヲ御覧ナサイ。

ト。眼中、既ニ公私ノ別ヲ存スルナク、法律ノ曲ゲ難キヲ以テ、自己ノ敗北トナス。立憲国ノ内務大臣トシテ何等ノ無状ゾヤ。」

この時は午前一時すぎで、場所は真夜中のプラットホームである。大臣はすでに汽車に乗りこみ、車窓から見送りにきている大審院院長に向って「児島さん、耳があり

ますか」と三度までもくり返してどなっているのである。どなられている方もついにガマンならず、次のようにいう。

「裁判官ヲ見ルト否トハ閣下ノ御勝手デス。法律ノ戦争ハカノ台湾ニテ猪鹿ヲ狩ルノトハ違ヒマス。腕力ト鉄砲デハ法律ノ戦争ニハ勝テマセン。而シテ、此結果ヲ見ヨトハ何ノ事デスカ。場所柄ヲモ顧ミズ国務大臣ノ口ニスベキモノデスカ。」

ふたりの口論に、ついに山田司法大臣がとめに入った。

「此時隣窓ヨリ山田法相乗リ出シテ予ニ向ヒテ手ヲ振リ、西郷ハ既ニ酔ヘリ、委細ハ予知レルヲ以テ黙セヨト語リ。三好検事総長モ亦予ニ忍ブベキヲ云フ。斯ル騒擾ノ間ニ汽車ハ一声高ク車ハ黒烟ヲ吐キツ、東ニ去レリ。」

これらは児島自身が記したものだが(「第二手記」による)、駅のホームでの、酒気を帯びた時の内務大臣と大審院院長の口喧嘩、時代が時代だというべきか、今から見れば無邪気と思えるほど直情的である。犯人を死刑にすべきだとの意見であったとしても、そうでない判決が出たからといって、裁判官の顔を見るのもいやだ、今まで負けて帰ったことはないのに今度は負けて帰る、その結果がどうなるか見てなさいよ、と内務大臣が駅で大審院院長をおどしているのだから。おそらく当時は、今の庶民が感じるよりはるかに、大臣にエライ人としての距離感があったであろうから尚更であるが、今のわれわれには、津田三蔵をなんとしても死刑にすべしとの当時の政府のおおかたのエライひとたちの意見や先の駅での大臣らの態度は、どことなく明治時代というより江戸時代(?)を感じさせる。とはいえ、かれらがそのように動くのには無理からぬところもあったらしい。というのは当時のロシア公使シェーヴィッチが、一艘の随伴しか許さぬという日本に、皇太子がひきいてきた七艘の軍艦全部を日本のどこの港に入港するのも許可しろ、もし日本政府がそれを承知しないなら砲撃以外にないとまでいい、津田三蔵の刑に関しては、日本の刑法では謀殺未遂だから終身懲役だろうというと、もしそうなら両国の間に如何なる事態が生ずるかも知れぬとまでいったと伊藤博文の秘録にある由。それに対して政府が強く反駁しないのは、いってみれば当時のロシアと日本の「国力」のちがいを政治家たちが自覚せざるをえなかったということなのであろうか。

13

津田三蔵がニコライに斬りかかった時に使ったサーベル、鞘は「サーベル」だが中身は刀身五十八・六センチの「日本刀」で、黒い巡査の制服(洋服)にさげていたのは、外側は文明開化(西洋風)だが、中身はサムライの刀だった。

ところで津田巡査の「サーベル」即ち「日本刀」が人斬りに使えるしろものであったかどうか、サムライとしての実戦の経験はないとはいえ元藩士たる津田三蔵は事件直後の訊問に答えてそのことに言及している。文武両道の藩校で「撃剣」の稽古を十四、五歳のころやったが手ほどき程度で、陸軍ではやっていないとも裁判で述べている。

事件当日の五月十一日の大津予審第一回調書には次のようないくつかの答がある。

「自分ハ殿下ヲ殺スツモリニアラズ纔《わずか》ニ一本献上シタルマデナリ」

「頭ニ刀ノ斬レ味ヲ献上スル迄ナリシ」
「一本献上致シタルモノナリ」
「斯様ナ刀ハ実ニ田楽《でんがく》ノ火箸ノ様デ自分ノ腕ニハ足リマセン」
「殺意ト申シテモ一本献上スル丈ケノ事デス」
「斯様ナ刀ニテ自分ハ切レズト思ヒ一本献ジタリ」
「日本刀ナレドモ極ク廉末ニテ切レバソルモノナリ」

ここに何度も出てくる「一本献上」とはどういうことなのか――。

第一回予審の翌日、五月十二日の第二回は「被告人ハ或ハ目ヲ閉ヂ或ハ俯伏シテ面部ヲ蔽ヒ又或ハ長大息スルノミ反覆訊問ヲ試ムルニモ拘ハラズ一言ノ応答ヲ為サズ」だった。

五月十三日の第三回には次の答がある。

「殿下ガ御通リノ際最大敬礼ヲ為シ凡ソ自分ノ前ヲ半バ過ギ行カレシト思フ頃　敬礼セシ手ヲ留メ直ニ抜キ打チニ為シタリ」
「右ノ手ニテ(刀を)握リタリ　柄ガ短カクテ両手ニテ握レルモノデハナシ」
「帽子ノ上ヨリニ間違ヒナシ」
「彼ノ様ナル刀ニテハ役ニ立チマセン」

「一刀斬リ付ルヤ否パット血烟リ出テ之レデハ足ラヌト又一刀斬付タルモ何分片手ニテ斯様ナペロ〳〵セシ刀ナレバ思フ様ニハ行カズ」

さらに翌日の五月十四日の第四回調書には次の答がある。

「(剣の)中程ニテ切ル積リニテアリシガ切ツ先ノ三四寸ノ部分ヨリ触レザリシナラン」

「直立シ居リシ処ヨリ右足ヲ一歩進メテ切リ掛ケリ尤モ斬リ付クルト同時ニ左足モ進ミ居リシナリ」

「剣ハ刃ヲ下タ向ケニ帯ヒ居ル故引抜キテ一度刀身ヲ振リ替シ斬リ付ケタルナリ」

「両手ヲ加ヘ居ル暇ハナカリシ右ノ片手ノミニテ振リタルニ違ナシ」

「刀」に関するこれらの答によると、津田三蔵が巡査として腰にさげていたサーベルの中身は「田楽ノ火箸」のごときもので、「切レバソル」(斬れば反る)ような極く安物の「ペロ〳〵」した日本刀だったという。

ただし、「現在の洋刀とは違つて、相当分厚な日本刀であり、鈍刀ではあらうが被告の罵倒するほどペロペロなものではない。刃巾も広し、鞘も太く、がんじょうな軍刀めいた代物である。」との刀の検分談がある。

立番をしていた場所を皇太子が通りかかった時に「最大敬礼」をし、皇太子が通り過ぎると思った時、敬礼の手をとめてサーベルを抜き、左手は西南戦争で負傷していて動きにくい(屈伸自由ナラズ)こともあったろうが、「柄ガ短カク」両手で握れるようなものではなく、またその暇もないので右手だけで握り、刃は下向けに帯びているから引抜いてから刀を一度振り替えて、直立していた場所から一歩進めて斬りかかっていったというのである。そしてこれを「一本献上」したまで、と何度もいう。「必殺」のつもりなら、人力車上の皇太子の帽子の上から頭部に斬りかからず、胴体の方がねらいやすい。

「一本献上」は、「必殺」の意志とは異るということなのか。

「十日ノ朝記念碑前警衛ノ配置ヲ受ケ一旦同所ニ登リシモ其日ハ御来遊ナク翌日再ビ同所ニ配置ヲ受ケ熟々回顧スレバ十年ノ役ニ若シ戦死シ居タランニハ今日斯ヽル巡査ノ職ヲ奉ジ居ルニモ及バザルベク色々ノ考胸ニ浮ビ来リ此時真実ノ決意ヲ為シタルモノナリ」(第三回)

「十一日ニナリ記念碑ニ対シ種々感慨起リ居ル際沢山ナル車ガ一時ニ来リ四辺騒ガ敷ナリ煙火二十一発ノ昇ルヲ見テ尚更西南ノ役ノ往事ヲ懐古シ其処ニ西洋人ノ上リ来タルニヨリ此時愈決意シタルモノナリ」(第三回)

このようにその「決意」の時を語っているが、その「決意」を「ペロペロ」の田楽の火箸のような刀を使い「死ヌツモリ」で実行(一本献上)したのは、ロシア皇太子に以下のようなことを知らしめたかったといいたいらしい。

「第一殿下ニ対シ何ガ故ニ来遊セラレタルカ分ラズ、樺太千島ノ交換ノ事ヤラ我々ハ露国ヨリ恩恵ヲ受ケタルコトハ少シモナシ然ルニ我皇帝陛下ヨリハ特ニ綿密ナル御注意アリ実ニ畏レ多キコトナルカ殿下ハドーユウツモリニテ御来遊ナリシカドウモ自分ハ野心ヲ懐キ居ラルヽニ認メマス」

「地理形勢ヲ見テ置キ他日事アルトキ我国ヲ征服セントノツモリナラン、自分ハ皇帝陛下ニハ元ヨリ服シ奉ルモ皇太子殿下ニ対シテハ心実ニ服セズ、唯ダ我陛下ノ御注意ニヨリ充分職務ヲ尽シタル上ニテ一本献上致シタルモノナリ」

「我国今日ノ進歩ヲ為シ条約改正モ致ス様ニナリシハツマリ十年ノ役以来ノ事ニシテ殿下ニモ記念碑ノ処ニ御上リアレバ相当ノ御敬礼ハ人情アルベキ事ト思ヒマス、然ルニ其事ナキハ云ハヾ人面獣心ト思ヒマス、此勢ニテ露国ト条約ヲ結ビ交際ヲ致スモ我国ノ大賊カト思フ第一記念碑ノ柵ニ腰ヲ掛ケ車夫ガウヅクマリ指ニテ地形ヲ書キシ様見エタリ、車夫ノ如キモノニ斯様ノ事ヲ尋ネナクトモ自分ナリ其他充分注意シテ御附キノ方モアルニ夫レ等ニ御尋ネニナツテモヨイ訳ケデアリマセンカト思ヒマス」

(車夫のことは第三回でも「犬ノ如クニ背ニ縄ヲ付ケタル車夫ガ四ツバヒニナリ字

ヲ書キ居ル様子ニ付テモ妙ナ感覚ガ起リタリ」と述べている）

ロシア皇太子に「十年の役」（西南戦争）の意義（？）を知らぬのかと訴えても仕様がないだろうが、津田にとってはそれは大事この上ない事実であり、それを記念する碑に敬礼せぬのは「人面獣心」とまでいい、大国ロシアの、ロマノフ王朝ツァーリの息子（後継者）の態度に対して、どこかの藩の殿様の無礼と同程度に感じているようだ。この時点ではまだ、記念碑の柵まで登ってきた外国人を皇太子と誤解している。

また日本の天皇には「元ヨリ服シ奉ル」けれどもロシア「皇太子殿下ニ対シテハ心実ニ服セズ」という反応もある。ロシア皇太子には、いい替れば、ロシアには日本はなにも恩恵を受けたことはないのだから「服スル」気持はさらさらないが、日本の天皇がロシアの皇太子を国の賓客として遇し、そのために、命令により大津警察からもあくまでも皇太子の警衛をしっかりやれと訓示されたので職務上それを守り、その上で「一本献上」したのだというわけである。

第四回、事件当日より四日目の訊問には次のような問と答もある。

問　其方ハ記念碑前ニテ感慨ヲ起シタト云フガ其内ニハ巡査ノ如キ賤シキ職ニ就キ警衛ナドヲスルト云フ様ナルコトヲ心中ニ恥ヂ積《つま》ラヌト云フ考モアリシコトナルヤ

答　別ニ左様賤シキコトト思フ訳デモナケレドモ極々穿チテ云ヘバ四ツ辻ヘ立テバ引揚ノ令アルマデハ日光ニ向フテモ其儘ニ立チ居ラネバナラヌ故ツマラヌ馬鹿ラシキ位ノ感覚ハアリシ

問　又其方ノ思想ニ立入リ分析スル様ナルガ年已ニ四十ニ及ビ碌々為スナキヲ感ジ一事ヲ為シテ名ヲ成サントスルノ念ハナカリシヤ

答　元ヨリ今日ノ如ク碌々トシテ止ムベキニアラズ何事カ国家ノ為メニ尽シ自分ノ名モ挙ゲタキモノトノ念ハ陸軍ニ従事シタル以来平素心頭ニ絶エズ

ここの二ツの問は、「元藩士」(元サムライ階級)としての津田三蔵の、時代への感情を引き出している。廃藩置県後、三蔵は商売をしようとしたこともあったが結局できず、筆耕などしていたらしい。土地のない三蔵らは百姓になれない。読み書きのできる士族の就ける職業は限られていただろう。教師か巡査か。教師といっても、寺子屋の時代ではなくなっている。当時、小学校の教師の初任給は五円、巡査は六円である。三蔵は事件の当時、試験を受けて階級が上って九円だった。判事をして「巡査ノ如キ賤シキ職」といわせているのは、その当時、一般的な社会感覚としてそういう認識があったからだろう。『明治百話』のなかに出ている、「明治二十年以前」の巡査の試験は、詔勅や日本史略。そのころ巡査の志願者が多く、採用は三十人に五人くらいの割だった由。月給は四等巡査が六円、明治十五、六年には諸式高騰で生活はギリギリ、一等巡査は十円以上だが、「医者の不養生、坊主のなまぐさ、巡査のふしだら」といわれたことも。明治十一年ごろは「交番所」はなく、町の角々へ一時間交替で立番、「いやだおっ母さん巡査の女房　出来るその子が雨晒し」という唄まであったという。雨や雪の日、夏の夕立に雷の鳴る時は子々孫々まで巡査はさせまいと思ったとの元巡査の回顧談がある。

藩制時代は、たとえ父親が「蟄居中」であっても藩校へ通う階級に属していた者が、いわば十手取縄と同類になっている。三蔵本人は、巡査を「賤業」とは思わぬと答えてはいるが、警備で四ツ辻に立つ時、もしその向きが太陽の正面であっても、命令があるまではその姿勢のままでそこを動くことは許されず、まぶしさ、暑さに耐えていなくてはならぬのが「ツマラヌ馬鹿ラシキ位ノ感覚」になったと述べるのは、先の『明治百話』で語られた「立番」のつらさと合致するし、手紙で町井義純に「戸口調査巡査」の多忙ぶりを訴えていた感情とも共通する。

さらに次の質問、齢四十に及ばんとして碌々として巡査の職について為すなきを感じ、なにか一ツ事を成して名を挙げんとしてこんな事件を起したのかといわれて、三蔵は、陸軍に従事して以来、何事か国家のために尽して自分の名も挙げたいものと思い続けていたと述べる。それは、三蔵の特異な思いではなく、当時の青年男子ならむしろ平凡、平均的な思いであろうし、イナカの「巡査」の鬱屈はあったとしても、「名モ挙ゲタキ」ためにロシア皇太子に斬りつけたのではないだろう。

「自分モ露国皇太子ヲ斬テ名ヲ万世ニ残サン様トノ思想アリシニモアラズ　当時如何ニシテ斯ヽルコトヲ仕出来シタルカ其ハヅミハ自分ナガラ分ラヌ次第アリ」

そして結局は、あのようなことをなぜしでかしたか、その「ハヅミ」即ち動機は「自分ナガラ分ラヌ」というのである。

14

大津に寓居を移して、「此附近露国皇太子遭難之地」なる小ぶりな記念碑に買物の途中でぶつかり、津田三蔵が気になっていたのだったが、それから一年ほどして津田三蔵の手紙七十六通が、これも近く(三井寺の北隣)にある大津市歴史博物館の紀要に活字化されているのを知った。それを読み出すと、その津田に斬りかかられたロシア皇太子本人がそれをどのように受けとめていたかも気になるので、その日記も読んでみたのだった。この事件に関連する本を以前に多少は読んでいても、それらはたいてい明治の国家体制や司法権とのかかわり、また当時の国際関係から書かれていて、津田三蔵本人のことは二の次というか、個人的なことはよくわからず、犯行の動機もよくわからなかった。ロシア皇太子ニコライの方も、日露戦争の時の皇帝、ロシア革命で銃殺されたロマノフ王朝最後の皇帝ということで、もし王朝がつぶされることにかかわるかもしれぬ彼自身の内部崩壊があったとしても、歴史の専門家ではない者にはよくわからない。それで、手紙や日記には、一部ではあっても、本人のドメスティックな感情がこぼれているかもしれないと思ったのだった。

「津田三蔵の手紙」と「ニコライの日記」を読んでいるころ、知らない男名前(第一通目に自己紹介(?)してあったのだが)の手紙がひと月に一度か二度くるようになった。差出人の住所は記されずいつも「旅先より」となっていた。

最初の手紙に、「自分はあなたが××市に住んでいた時の近くの電気屋の息子(あのころ二十歳くらい)です」と記されていた。わたしはその子を覚えていた。なにかあって電話すると、すぐきてくれるのはその電気屋だけだった。台風で屋根のテレビ・アンテナが倒れた時、父親についてきて、ふたりで屋根にのぼりすぐに直してくれたし、テレビが故障した時も父子できたが、その時は主に息子がややこしそうな、こまかい仕事をして、今すぐ買い替えなくても、もう少し大丈夫といってくれた。父親の方は家電を売る商売人というより、いかにも職人という感じで無口だったが、息子の方は故障の原因などをたずねると説明してくれた。台所の天井に蛍光灯をとりつけてもらったこともあったし、冷蔵庫が冷えすぎるので呼んだこともあった。

それにしても、今、手紙を送ってくるのはあの時の二十歳の青年ではなく四十歳に手が届くはずの男である。それなりに年の功というのか、受取る方が気味悪く思わぬように、最初からこちらの疑問には先手を打って説明してあった。

父親は五年ばかり前に病死してすでにこの世にいないとのことで、母親はかれら父子がわたしの家にきたころすでに他界していなかったのだそうである。その上、妻が二年前にまだ若いのに急死し、「ひとり」になったので、なにをしても迷惑をかける家族はいないというのである。ここまでならいいのだが、それからあとの手紙の内容は縁なきわたしをだんだん不安にさせていくものだった。

その青年が電気屋の息子だったころの店の名は知っているが、それが苗字かどうかもわからないし、それが苗字としても、フルネームを知っているわけではない。だから封筒に書かれたものが本名か変名か判断できない。といっても、手紙に書かれた内容を信じるとしての話だが、仮りに旅人《タビト》(いつも「旅先より」と書いてくるので)にしておくと、タビトは××市にある県の工業高校を出て、家業に関連する専門学校に通って一年でやめ、そのあと、父親が特約店となっている、さる有名電機メーカーの学校へ半年通ったのだそうである。そのメーカーの学校は特約店の息子たち(後継者)のための学校なのか、無料の全寮制で、デンキ関連の授業の他に、経営論(?)の講義もあったらしい。その学校のあと、父親の助手をして商売を覚えているころに、わたしの家によくきてくれていたことになる。タビトの手紙には時々アテ字もあり、いいまわしもごく普通で平凡、変っているところといえば住所の代りの「旅先より」くらいだった。

三度目の手紙くらいから、少しずつ、「なにをしても迷惑をかける家族はいない」について、それとなく語るようになっていった。小心なわたしはなにによらず物騒なことにはかかわりたくない。

「あの二人の人がいなくなると、できたらもう一人いなくなると、かなり変ると思うのです。」などと唐突に出てきた。

これらの手紙を書いているのが本当にあの電気屋の息子であるとしての話だが、あのころ、なにかの「運動」――政治運動はもちろん市民運動も――をしているような青年には見えなかった。また、おそらく彼の父親なら知っているかも知れぬ、日本が戦争をしているころ、また戦争に負けてからの数年については、生れていないから知る由もないだろう。学生運動のさかんだった世代でもなさそうだ。しかし、どこかで読んだような言葉で書かれていないだけよけいに、なにか不穏な感じがしてくるのだった。「あの二人の人」とは。「もう一人」とは。仕事でかかわった関係者なのか。それとも血縁の者か。「いなくなる」とは。

父親の死後、あの電気店をたたみ、どこかへ転宅したというのだが、もちろんそれがどこか、その後どういう仕事をしているのかも書かぬからわからない。父の死の前後におそらく結婚し、その妻に若くして先立たれたとしたら、よほど家庭運のないひとなのだろう。

「なぜこんなことを思うかというと」と、「二人の人がいなくなると」のあとにつづけて書いているのである——「いろいろ仕事をやってきて、人があまりにいい加減で、結局いつも遠いところにいる誰かの責任にして逃げることに、ずっと頭の上から黒い布でおおわれて、息苦しい様な気持でした。その誰かがいなければみんなどうするんでしょうか。その誰かがいなければ。」

この元電気屋の息子はひょっとしたら、家族をすべて失ったショックもあって、なにか妄想に支配されているのではないかとその手紙を読んだ時には思った。それにしても、どうしてわたしの移ったばかりの棲家を知っているのか、それが一番気味悪い。嘘かまことか、自分のことはたんたんと書いているが、わたしの住所に関すること——たとえばどういう方法で知ったとか——はいっさい記さない。それよりも、もし手紙で「なにか」を訴えたいのだとしたら、彼にとっては実家の商売の客のひとりだった、かなり年上の(おそらく彼の親たちと同世代であろう)わたしがどうして相手なのか。なにか、カルトにはまっているのだろうか。わたしはその手のものとはかかわったこともなければ、身近にもそういう関係者はいない。

「外国ではよく起っていますが、だれかが爆弾を仕掛けて大勢の人が死ぬと、罪もない人を巻きぞえにしてとか、罪もない幼い子供まで、とか新聞には書いてありますが、いつもおかしいと思っています。罪のない人なんていません。幼い子供は罪がない、そんなことはありません。だれもが偶然に、意味もなく死んでも不思議なことはありません。」

こういう文句が出てくると妄想としてすますことはできず、あの電気屋の息子、いったい今どんなショーバイなのだと、わたしは不安になってくるのである。父親がどちらかというとほっそりしていたのに、息子の方はふとりすぎではないが、五月人形のように全体にぷっくりした、いかにも元気ハツラツの青年——というより「男の子」の感じだったのだが、今は独り者の、あまりこぎれいとはいえぬ、ふとり気味の中年のオッサンになっているのか、それとも重なる不幸(父親と妻の死)で意気消沈、痩せたオジサン、いやオニーサンになっているのか。ともかく、どうしてこういうことを書いてくるのだろう。妻の死後、「その手」の女に「ひっかかり」なにか吹きこまれたのだろうか。

「それに、もし罪がなくても、だれもが、意味もなく、偶然に爆弾で死んでも不思議はありません。よくニュースで、ひとが死んだ場所には生き残ったひとが置いた花束が山になっているのが出てきます。あれを見るたびに白々しい気持になります。かれらには、心の傷がいつまでも消えないと書いてあります。本当でしょうか。××市にいたころ、母親がかわいがっていた犬が死にました。近くに動物を火葬してくれるというお寺があって、父が店の車に死んだ犬をつんで、母親と三人でそのお寺へいきました。一時間後にきてくれといわれて、いってみると犬は骨になって小さな箱に入っていました。犬を焼いてくれた人が、一日も早く忘れてやって下さい、それがこの犬のためです、といいました。がっくりきていた母は助かりました。」

わたしも犬を死なせたことが二度ある。一度はまだ六ツか七ツの子供のころで、父親がもらってきた犬が「わたしの子」となり、世話を命じられ、またわたしもかわいがったが、或る大雪の日の朝、庭石のそばで犬はなぜか坐ったまま硬くなっていた。その死骸を親たちがどうしたかよく覚えていない。二度目は、二十年近くいた犬が天寿(以上?)をまっとうして死に、町の役場で教えられるまま近くの「ペットロス(このコトバは大嫌いだが)埋葬所」にもっていったことがある——。その時、ペットロスになるからすぐに新しい犬を飼った方がいいとわけ知りのひとたちにいわれたが、その後犬はいない。犬は好きだが、人間のおかげで異常に長生きしなければならぬ犬を見てきたので、忠告に従わなかった。

おそらく、元電気屋の息子タビトの母も、一種のペットロスになりかけていたのであろう。それが、一日も早く忘れてやれと犬を火葬したひと(多分その寺の僧侶ではないだろう)にいわれてハッとしたのであろう。犬を火葬するひとは、一日に何度か(或いは何度も)つれてきた死んだ犬にすがりついて泣くひと、犬が好きだったという食物をもってきて、いっしょに焼いてやってくれというひと、犬の写真をもってきて抱きしめて立ち去らぬひとなどを見てきてうんざりし、「一日も早く忘れてやれ」との言葉を発するようになったのかもしれない。

犬のことをタビトが書いてきたのだが、もし、母親があのころすでに亡く、ということは彼がまだ十代のうちに母に死に別れ、さらに、いつもくっついていたように見えた父親を三十代で失い、その上、結婚しておそらく数年で妻が若死したとすれば、犬よりヒトの死についてなにかいいたいのをガマンしているのかもしれない。両親と妻の死で感ずるところがあり、それを他人にいうのをこらえているのか、うまくいえないのか、とにかく、犬ではなく、ほんとは父や母や妻の死を早く忘れたいのかもしれない。ということは、早く忘れたくても忘れられないから、犬のことで「早く忘れてやれ」を思い出したのか。とはいえ、頼みもしないのに送られてきて読まされてしまう手紙の内容を、なぜこんなに読みこむのかと思うと腹立たしい。

　それでも、親と子か——、とタビトの手紙への薄気味悪さを忘れて改めて考えてしまうのは、「犯人」津田三蔵の妻や子供らは、事件のあとどうしたのだろうと思い、また「被害者」ロシアの皇太子ニコライも結婚して男の子に恵まれたのに、その男児——ロマノフ王朝を継ぐはずの子が血友病なのを日記を読んで知ったばかりだったからだ。ニコライの父アレクサンドル三世は、独裁専制の皇帝らしい、下世話にいえば押し出しの立派な、いわゆる容貌魁偉で、また独裁者に必要な男性性の強いひとだったらしいが、ニコライはどちらかといえば蒲柳の質、父に比べれば小柄で、バレエや絵が好き、日記からもわかるがかなり几帳面な性格で、妻や子つまり家庭を愛するひとだったようだ。だからよけいに、長男の病気には心を痛めただろう。もちろんその子の母、ニコライの奥さん——いや、イギリスのヴィクトリア女王の孫にあたる、ヘッセン・ダルムシュタット(現在のドイツ南西部)の公女であったアリックス妃にとっては、今のように科学的医療の進んでいない時代であれば尚更だっただろう。

　大津事件から三年半経った一八九四年十一月一日にニコライの父アレクサンドル三世が四十九歳で世を去り、その二十五日後、ニコライは結婚し、二十六歳で即位してニコライ二世となっており、戴冠式は一八九六年五月二十六日モスクワで行われている。

「電気屋の息子」の手紙で、家政婦Eさんを思い出した。Eさんに教えられて「すぐきてくれる」あの電気屋を知ったのだったから。××市に移ってしばらくしたころ、ひどく体調をくずし、入院こそしなかったが、半年ほどは家事も満足にはできぬくらいだった時、家政婦会に頼んで家政婦にきてもらっていた。やってきた家政婦は四十歳くらいの大柄でふとり気味のひとで、コセコセしたところのない明るい感じがいいと思い、週に一度午前中きてもらうことにした。その家政婦さんは、クルマを運転してやってきた。××市の市街から、交通の便はバスしかないのだから不思議はないのに、「昔人間」のわたしは、家政婦がクルマで通ってくる時代なのだと改めてその時思ったのだった。Eさんは、わたしの家に午前九時から正午まで三時間働き、労働賃金は一時間千五百円だったので、一度に四千五百円、ひと月にして一万八千円支払うのであるが、Eさんはそこから家政婦会に何パーセントか差引かれるといった。

Eさんには、わたしが病気のせいでできぬ掃除——床の拭き掃除とか、風呂場の掃除とか、台所の流し口やガス台や換気扇の掃除、ガラス戸拭きなどをやってもらったが、洗濯や料理はしてもらわない。彼女は、なにか仕事の段取りについてわたしに問う時は必ず、「オクサマア――」とかなり大きな高い声をあげた。世間の習慣から「オクサン」とは呼ばれるが、普通は「オクサマ」とは呼ばれない。

わたしは病気でなければ、床を這いながら雑巾で水拭きする。時折、ワックスで拭くこともある。Eさんはわたしに命じた。「オクサマア――、床を拭くモップを買っておいて下さい」。わたしは雑巾をはさみこむモップを買った。彼女はそれを使って、立ったまま、さっさっとぬれた雑巾を床の上に滑らせる。

台所についているガスによる給湯は引越してきた時に四十度に設定されていた。わたしはそれを変えたことがないので上限は知らなかったが、或る時、台所の外壁にとりつけられていた旧式の給湯システムがグオウーと大きなうなりをあげ続けた。臆病者のわたしは仰天し、そのモトが風呂場のシャワーだとわかると、さらにあわてて、給湯器のボタンを押しつづけて四十度まで下げた。Eさんはそれを八十度まで上げ、風呂場をシャワーで洗っていたのだった。「オクサマア――、温度を下げないでください！　あついお湯の方が汚れがよく落ちますから」とEさんは風呂場からわたしに叫んでいた。

彼女は「労働」を時間で売っているのであり、体力をなるべく使わず、早くその

「労働」を済ませばいいのであるから、雑巾で這いながら床を拭くより、モップを滑らせる方が楽で効率がよく、熱い湯の方が浴槽やタイルの汚れが早く、よく落ちる。だんだんにわたしは自分のやり方がすでに「昔風」だと悟るようになっていった。

菓子や果物をたくさんもらった時、子供がいるというので「おすそわけ」すると、彼女は必ずその次、お礼のつもりらしく「母がつくったものですが」ととりたての新鮮な野菜をもってきてくれた。野菜つくりが母親の趣味だとのことだった。

半年くらい通ってもらっているうちに、彼女の問わず語りから、Eさん一家の様子が少しわかるようになっていった。

Eさんは四人家族で、夫はA市の観光旅館でボイラーマンをしている。息子は二十歳になったばかりで、高校卒業後知り合いを頼って東京に出、その知り合い(料理屋)のところで見習いをしながら調理師学校へ通うつもりだったのが、一年せぬうちに家に戻って近くのスパゲッティ屋で働いているが調理師免許がないから日給は安い。娘は高校三年で、夫の働く旅館の売店で春、夏、冬の休みはアルバイトで売り子をしている。つまり四人全員が働いており、娘以外の三人はそれぞれクルマをもち、三台分の駐車場がないので、近くの母親の家に駐車させてもらっている。娘が高校を出るとB市につとめるので四台になるというのだった。

家族全員がそれぞれクルマをもたないと生活できぬことに、「昔風」のわたしは今さらながら驚いたが、息子がイヤだといえば、手に職をつけさせるべく調理師学校を出るまでガマンしろともいわず家に戻し、しかも二十歳になったばかりでデキチャッタ婚、もうすぐ孫を見るといったのにも、驚かされた。世間様、「庶民」や「大衆」の様子は変ってきているのだ。

磊落な感じのEさんが一度だけ、異常と思えるほどにコーフンしたのを見たことがあった。母親のただひとつの形見の指環を、髪を洗うのにひっかからぬよう浴槽のそばの窓の下に置いたことを忘れていた。シャワーで浴槽を洗いながらそれを見つけたEさんは、「オクサマア――」と叫びながらわたしのところに突進してきた。「これが、これが、これが」というのだが、息が切れてそのあとが続かない。指環をわたしの前に突き出して「窓のところにありました」と興奮状態のまま息づかいも荒く繰り返していた。

15

ニコライと結婚したアリックスは、オリガ、タティアナ、マリア、アナスタシアと四人の女児を産んだが、男児に恵まれなかった。ロシア皇室典範では、帝位は男子にのみ継承される。アリックスは男子を産むためにフランスからあやしげな祈禱師を招き、その祈禱のおかげで(?)想像妊娠したこともあったとか。そして結婚後十年目に男児アレクセイが誕生したのだった。その待望の男児が血友病とは。

思えば、ニコライの戴冠式から一週間もしない日に幸先のよくない大惨事があった。モスクワの郊外ホディィンカの原で、ニコライ戴冠式を記念して貧民に食べもの飲みものをほどこす催しがあった。十万人がつめかけ、最初の混乱で数十人が地上に倒れ、そこへ群衆が押し合って将棋倒しとなり、千人以上の人間が踏み殺された。それはおそろしい光景であっただろう。悲鳴、叫び声、泣き声、揺れるヒトの大群、血に染まる野原、そのあとのシカバネの山。ニコライはその日五月三十日の日記に次のように記している。

「これまでおかげさまで万事順調だったが、今日大変不幸な事件が起こった。

弁当と飲み物の分配が始まるのを待って、ホディンカの野に野宿していた大群衆が仮設建物に押し入り、そこで恐ろしい圧殺事件が起こった。その際、約千三百人が踏み殺されたというのは恐ろしいことだ。ヴァンノフスキーの報告の前に、午前十時半にこの事件の報告をうけた。おかげで、今日はとてもいやな思い出が残った。

十二時半に昼食をとり、それからアリックスと私は、この悲しむべき国民の祭りに出席するために、ホディンカに向かった。そこでは特別な事件は何もなかったかのごとくであった。幕舎から、国歌と『栄光あれ』を繰り返し演奏している楽隊を取り囲んでいる大群衆を見た。

午後八時にママのところで夕食をとり、フランス大使モントヴェロの舞踏会に出かけた。非常に美しい会であったが、耐えがたいほど暑かった。夜食の後二時にひきあげた。」

「野宿していた大群衆」というのだから、前日から、あくまで広い野原に何万ものひとが野宿して待っていたのだろうか。千三百人の人間が踏み殺されても、その催しは中止されず、「弁当と飲み物の分配」があったのであろう。これは一八九六年の五月のことだから、日本へのロシア・フランス・ドイツによる「三国干渉」の一年後、今から百十年前のことになる。それにしても、日本で行われる「炊き出し」とはケタちがいの「分配」――。それでも、新しい皇帝が戴冠後一週間にもならぬ時に起ったというこの大惨事は、なんとなく不吉を感じさせる。

タビトからの手紙はその後もひと月に一度くらいの割合できたが、或る時ふと、タビトが案外、わたしの寓居から近いところにいるのではないかとの不安を感じたことがあった。ひょっとしたら、わたしを寓居の近くや、駅などで見かけているのではないか。わたしの姿を、この近辺の駅とか郵便局とか銀行のようなところで一度くらい見かけているのではないか。だれかに尾行されているとか、見張られているような気配を感じたわけではないのに、そんな気がしてこわくなった。つけまわすようなストーカー的な行動ではないけれども、一方的な手紙を定期的に送ってくるというのは、一種のストーカー的行為ではある。とにかくわたしはタビトの手紙による「不安」をどこかにいつも感じていた。

「最近所用があって××市の、以前の店の近くまで行ってきました。駅の付近もあまり変っていませんでした。

突然でおかしいかもしれませんが、この数年ずっと、自分には人なんてとうてい殺せないのに、だれかをヤッテしまわないかという気がして、時どき気持がたかまっていくので困ります。しかもおかしいのは、自分には殺したいくらいに憎んでいる奴などいないのにです。こういうことをいうと、ひま人だから、つまらんことを考えてしまうと思われるのですが、自分は人並みに忙しい生活をしています。

最近少しずつわかってきたことがあります。それは、本当のことはいってはいけないし、本当のことをいっても、だれも相手にしないのだということです。

去年の年末に、地方の親類のところへ行った時、東京駅の東北新幹線のホームへあがるところで、マイクをつき出され、お正月はふるさとで？　とか、ニュースで必ず年末にやっている帰省ラッシュ風景のあれにつかまりましたので、どうしていつも年末に同じことをやっているのですか？　というと、無視されました。小さい子供に、おじいちゃんに会いたいとかいわせたり、正月がすんでUターンラッシュになると、今度はサラリーマンに、明日から仕事だから気をひきしめてがんばります、なんていわせています。そういうのがテレビに必ず出るのは、みんながそう思いたいことだからカットされないのです。父がいたら民の声と笑ったと思います。テレビでカットされないで出ているひとに美人や美男子はいないと思いませんか。かれらは自分でふつうと思っていますから、ああいうふうに出たがるのですが、とにかく、どんなに見苦しくても出ている時はスターのつもりで、だれでもいいそうなことを、とくとくとしゃべります。父は、ああいうのを見るたびに、昔のひとはもっと恥かしがり屋だったとよくいっていました。」

タビトのこの手紙を読んでいて、「手紙がくる」という不安と気味悪さと腹立たしさを忘れて思わず笑ってしまった。あんたのお父さんと同じようなことをわたしもテレビを見ていて口走ったことがあると。あの無口な電気屋さん、息子にそんなことをいっていたのか――。「民」の声だなんて――。あの電気屋さんは「民衆」や「大衆」は使わなかったらしい。コトバにも流行《はやり》すたりがある。「労働者」が流行《はや》ったこともあり、「市民」が流行ったこともあり、「庶民」が流行ったこともある。津田三蔵は入営後すぐ「土民一揆」鎮圧にかり出されていたが、「土民」というコトバ、今はない。わたしはいつだったか自分のことを「町人風情」と口走って嘲笑《わら》われたことがある。

16

ロマノフ王朝「最後の皇帝」ニコライを「最後」へ追いこんでいく「血の日曜日」の「労働者」。

「血の日曜日」前日のニコライの日記は「昨日からペテルブルグの工場ではストライキをしている。守備隊を増強するために郊外から軍隊が呼ばれた。今のところ労働者は平静を保っている。その数は十二万人だ。労働者組織の指導者は、司祭で社会主義者ガポン某だ。」と書き、「血の日曜日」当日には次のように記している。

「(一九〇五年)一月二十二日　日曜日　重苦しい日だ。ペテルブルグで労働者たちが直訴のために冬宮に入ろうと望んだ結果、深刻な暴動が起こった。軍隊はペテルブルグのさまざまの場所で発砲しなければならず、多くの人が殺され、負傷した。なんと重苦しく、心の痛む出来事だったか。

ママが、朝のお祈りのためにペテルブルグからやって来た。全員一緒に昼食をとり、そのあとミーシャと散歩した。ママはこの夜は私たちのところにいた。」

この時ニコライは三十六歳(津田が事件を起した時と同じ年齢)、前年二月には日露戦争がはじまっている。その夏の八月には待望の男児が生れているが、戦場でのロシア軍は連戦連敗、ニコライのリーダーシップが非難されている。旅順でのロシア軍の降伏、バルチック艦隊は壊滅、ポーツマス条約調印と、一九〇五年はニコライにとって大変な年だ。ただし、この年の日記にはじめて「霊能者」ラスプーチンが登場するのに目がいく。一九〇五年十一月、ニコライは「トボリスク県出身の神のごとき人間グリゴリーと知り合いになった」と書いているのだから。この時ラスプーチンは四十歳くらい。ラスプーチンは「グリゴリー」という名前で、ニコライの日記には九十回近くも出てくる。それにしても皇帝が最初から「神のごとき人間」と受けとっているのは、時代が時代とはいえ異様ではあるが、ニコライ夫妻がこの「霊能者」に依存していく様子は興味深い。「民衆」や「労働者」や「人民」や「大衆」や「庶民」や「市民」のようなコトバがかかえる虚構とはちがって、人間の不安に侵食していく「霊能者」の、日記にあらわれている断定的な言葉は不気味だ。

ニコライとアリックス夫妻とラスプーチンの間をとりもっていたのは「アーニャ」

と呼ばれるようになるアンナ・タネーエヴァというアリックス皇后の女官で、一九〇六年(二十一回)、一九〇七年(三十九回)、一九〇八年(二十九回)のころニコライの日記にさかんに登場している。アンナは一九〇七年に海軍中尉と結婚したが、アンナ一家とニコライ一家は家族ぐるみでつき合うようになる。「アーニャとお茶を飲んだ」「アーニャと昼食を共にした」「アーニャと晩の一時を過ごした」とニコライは記す。そのうち「アンナを訪ね、そこでグリゴリーに会い、彼と長時間話をした」「アーニャを訪ね、グリゴリーに会った」と記されるようになる。アンナはニコライたちの住むペテルブルグ郊外の宮殿近くに別荘をもっている。そこをプライヴェイトに皇帝が訪ねているのだ。次の年(一九〇九)になると、「夕食後、アーニャを訪ね、グリゴリーと一時間半話をした」「日曜日　突然やってきたグリゴリーと、お茶の後、二階の子供部屋で座って話をした」「午後六時にグリゴリーがやって来て、一時間半彼と楽しい時を過ごした」「午後六時から七時三十分まで娘オリガと一緒にグリゴリーに会った。夕食後にドミトリーとビリヤードをやり、晩に子供部屋で再びグリゴリーと座って語り合った」「晩、グリゴリーに会って満足した」のような日が何度も出てくる。アンナの家で皇帝がラスプーチンに会い、アンナもラスプーチンも宮中への出入りが自由。当時としては、異常というか異様なことである。皇帝や皇后に会うにはいかなるひとも(皇族であっても)宮内省役人の許可が必要で、皇帝、皇后に会った者は台帳に記入されることになっていたそうだから。息子アレクセイの血友病への不安がニコライ夫妻を「霊能者」に近づけただろうことは想像できる。たとえば、趣味の狩猟に出かけて、息子(皇太子)のアレクセイがボート遊びで怪我をし、出血がとまらず重体となると、ただちにラスプーチンに電報が打たれる。「病気は危険ではない」との返電を受けとると、それだけでアレクセイは回復しはじめたということもあったし、治療のために「午後七時にグリゴリーがやって来て、暫時アリックスとアレクセイのそばにおり、私(ニコライ)や娘たちと話をした。グリゴリーが去って間もなく、アレクセイの腕の痛みはなくなりはじめ、落ち着いて寝入った」ような時もあり、列車のなかでアレクセイに鼻血が出はじめて侍医が手当しても止まらなかった時、宮殿に急いで帰ってラスプーチンを電報で呼び、やってきたラスプーチンが「危険はない、心配するな」といって立ち去ると間もなく、アレクセイの出血は止ったこともあったという。ニコライ自身「晩にグリゴリーと話をして落ち着き、心の平衡をとり戻した」こともあった。さらに皇后アリックスが扁桃腺で高熱を出した時、ニコライといっしょにラスプーチンに会うと、アリックスのノドの痛みがとれはじめたという。これでは、いやが上にもラスプーチンへの信頼と依存は強まるが、身体的な治療への依存だけだろうか。

皇太子である唯ひとりの男の子アレクセイの血友病という病気治療のために、ニコライがラスプーチンと近しくしているというのはわかりやすい。親として、後継者の難病に心は痛むはず。しかもこの時期、ニコライは内外ともに多事多難である。また、アレクセイ出産後、健康を害した皇后アリックスも、難病の息子の母親として、また自身の心身の不安からラスプーチンを信頼するのも理解しやすい。しかし、ニコライの、息子の病気治療のためのラスプーチンとのつき合いは表向きで、皇后アリックスとラスプーチンの愛人関係説があり、またアリックスとアンナとのレズビアン説さえあったといわれると、こういう「藪の中」の物語は外国人で一般人(?)のわたしにはもちろん真偽のわかろうはずはない。ラスプーチンが当時の政治に介入していたという説にも同様だが、当時のロシアのひとびとにとって、農村出身で女関係で評判の悪い「霊能者」或いは「宗教家」のラスプーチン、さらに本来は女官になれない離婚経験者のアンナをなぜニコライ夫妻がかくも信頼するのか理解しがたいので、もっともわかりやすい愛人関係説、レズビアン説があらわれたのかもしれない。といっても、息子の難病、妻のかれらへの過剰な依存だけがニコライをかれらに近づけたのだろうか。

ニコライは大国ロシアの皇帝であり、国は外国と戦争して連敗し、国内ではストライキやデモで、「土民」「百姓」「労働者」「人民」「民衆」による、下からのうねりがひろがりつつあるなか、政治的不安はともあれ政治的倦怠があったとしたら――。それに、アリックスばかりでなくラスプーチンは皇族の女性たちに信頼されていたらしいが、この「霊能者」には女を惹きつけるなにかがあったのか。写真で見ると、肩にかかる長髪に胸元をおおう長いひげ、くぼんだ眼窩、いかにも「それらしい」異様な風態だが、その全体に、「熱い」でも「暖い」でもない、なんとなく無気味と紙一重の「なま暖い」感じがある。恋なら熱く、家族なら暖いが期待されるとしたら、「なま暖い」には、自分の巣にいるような安心が与えられそうに思われるのかもしれない。女たちは安心、安堵がなによりもほしい。そして皇帝も時にそれが必要だったのでは。父親としてだけでなく。ニコライの父親アレクサンドル三世は病死だが、その父親の皇帝アレクサンドル二世は一八八一年に「人民の意志」という名のテロ集団に暗殺されている。アレクサンドル二世は爆弾で顔は見分けがつかぬほど、両脚はちぎれるほどに激しく損傷。まだ十五歳になっていなかったニコライは瀕死の状態で運びこまれた祖父に対面したという。それは今風にいえばかなりなトラウマになっていてもおかしくはない――。

17

タビトの手紙がこなくなってホッとしていたら、三ヶ月くらい経ってまたきはじめた。寓居の前で待ち伏せされるとか、電話を何度もかけてくるというような、直接の被害ではないので、警察へ届けても相手にされないだろう。また手紙の内容も、個人的な脅迫状ではない。とはいっても、よく知りもしないひとからの一方的なたびたびの手紙は気持いいものではない。

手紙はとりとめのない身辺雑話が多くなっていくが、なにか意図があるのだろうか。

「近くのスーパーマーケットには千台分の駐車場がありますが、日曜日と特売日は満パイです。みな、買った食料をカートに積みあげ、こぼれそうになるのを押えながら駐車場へ運んで行きます。自分はいつも、そういうのを見ると、「食いも食ったり」といった父親の口癖を思い出してしまいます。家族は多くて五人、ふつうは三人か四人なのに、こわいように食いものを買いこみます。自分は、母親が死んだあと買い出しにいったので、買い方はうまくなり、つめ合わせ弁当みたいなのは買わずに料理しましたが、山ほど買うひとほど出来あがったパックづめ(焼きソバまで)を買うのが見ているとわかります。父がよくいったビンボーニンたちが山ほどのパックづめ食品をカートに積みあげていっては自分の車につめこんでいるのですが、五人に一人はふとっています。料理の手間のいらない安い食べものがいやになるくらいあって、それを食べてふとっているのがビンボーニンです。父は、あれでも若い時半年ほどアメリカ、それもニューヨーク郊外に滞在したことがあるんです。会社へつとめていた時、研修でいってたのです。それで、そういうのを見ると、アメリカみたいになった、四十年前のアメリカそっくりだといつもいいました。」

ただしタビトは、自分に家族がいるのかどうかは書かない。

「父親がアメリカへ行ってた時には、自分はまだ生れていません。時折、なにかあると思い出したようにアメリカでのことを父はいいましたが、自分には別にどうということはない話ばかりでした。商店やレストランの店員に計算をまちがえたり暗算ができない人が多いのに驚いた話なんて、なぜそんなに印象深いのかわかりませんでした。ボールペンをへんなもち方して字を書くひとが多いとか、乞食のたくさんいる通りがあったとか、ビンボーニンはテンセン・ストアで生活用品を買うとか——テンセン・ストアと父はいいましたが、今の百円ショップみたいなものだと思います。そういう話をしたあとで、父は必ず、日本もアメリカと同じになったというのでした。」

タビトが父親のことを語るようになったのは、わたしが父親と同世代だと想像するからなのだろうか。わたしは四十年も前にアメリカへ行ったことはない。そのころなら、一ドルが三百六十円だっただろう。だれもが今のように簡単に海外へ行ける時代ではなかった。それにしても、いったいなにがいいたいのだろう。明治生れのわたしの父親は、商人の自分のことをいう時、冗談半分に「われわれ階級」といった。「われわれ庶民は」とか「われわれ大衆は」とはいわなかった。「われわれ階級」とは、まあソコソコに食って生きている者ども、強いていえば「中産」というくらいの意識で、「中流」という言葉もかれらの時代にはなかった。タビトの父親の体験したアメリカの大都市郊外の「ビンボーニン」とはいかなるひとたちなんだろう。

このタビトの手紙で、直接関係はないのに、学生の時、なにかのデモにかり出されそうになったことを思い出した。当時通っていた女子大学の校門の前にトラックが待っていた。そのトラックに学生を積みこんで、デモ隊の集合するしかるべき場所へ運んでいく算段らしかった。どこかの大学の男子学生数人に誘導されて、トラックの荷台に女子学生が積みこまれていくのを見ると、わたしはすぐに裏門の方へ走り、そこからひとりで逃げて帰った。まるで追手から逃げる犯人みたいに。大型トラックの荷台に、木の椅子を梯子にして積みこまれていく女の子たちは、殺されるためにつれていかれる動物みたいに、みな一様におびえた顔をしていた――。

そのころタビトの手紙に「怪談」がまじるようになった。病気がちだった母親はよく指圧師を家に呼んで治療を受けたそうで、はじめは気に入っていたその指圧師が、慣れるにしたがって患者である母親に威圧的になり不快でことわった。母親の死後かなり経ってから、父親が仕事先で腰を痛めた時に、気の毒がった仕事先のひとが指圧師を呼んでくれた。それが以前に母親がことわった指圧師だった。指圧師が父親の腰に手をあてがった時、父親は痛いと悲鳴をあげた。その時、目が不自由で父親を知るはずのない指圧師が、「あの時、あんたの奥さんのことわりの方が、わたしにはもっとこたえたですよ」といったというのだ。これではまるで『累ヶ淵』の宗悦じゃないかとわたしはおかしくなり、また少々キモチ悪くもなった。おそらくタビトの世代のひとには、円朝の『真景累ヶ淵』に出てくる按摩の宗悦なんてあまりなじみがないと思うので。

もちろんわたしの世代の者だって、時代がちがうのだから、じかに円朝を聴いたことはない。ただ、読んだり聞いたりしてコワイところはいつの間にか知っている。貸した金の催促にきた按摩宗悦を斬り殺した新左衛門という旗本が、のちに、呼び入れた按摩に肩をもませたら、骨に響くほど痛い。すると按摩は、痛いといっても手の先でもむのですからタカが知れておりますよ、あなたのお脇差がこのわたしの左の肩から乳のところまで斬り下げられました時の痛み苦しみは、こんなものじゃありませんでしたぜ、というから振りかえると、見知らぬ按摩ではなくあの宗悦が見えぬ目を開いて――ゾーッとした新左衛門がそれを斬ったら、宗悦ではなく病気の妻だった――。しかも、このコワイところ、『四谷怪談』の伊右衛門が妻のお岩を殺すべく按摩の宅悦(名前がそっくり)にユーワクしろと命じて、そのあと隣家からきた花嫁との床入りにお岩を殺したと思ったら花嫁だった――とのコワイシーンなどとも重なって思い出されたのだった――。

タビトの「怪談」がきたころ、読んでいた「ニコライの日記」にラスプーチンがさかんに登場してくるところだったので、よけいに「怪談」と感じたのかも知れないが、もうひとつ、そのころ湖岸にあるジョギング・コースを、「鳥の声」を発しながら走る老齢の男がいると噂になっていたせいもあった。湖のきわにそって細長く公園が続いているのだが、そこに、走るひとのためにどこが基点なのか距離を記した小さな標識がところどころにあって、わたしは時折、湖水の渚——といっても三段か四段の石段状に整備されている渚に、水位の低い時は上段に腰かけて水を眺めているだけで走りはしない。ジョギングするひとを見かけるのは夕方で、それも一度に十人ものひとがかたまって同じ時刻に走っているわけではなく、ジョギングするひとより、犬を散歩させているひとの方が夕方には目立つくらいだ。

「鳥の声」というが、どんな鳥なのだろう。鷺、郭公、四十雀、鷽《うそ》(××市にいたころ、ヒューヒューと笛のように鳴くのを教えられて知った)くらいしか聞き分けられないわたしは、これらの他の鳥なら、それが「鳥の声」かどうかわからぬのではないか。

或る夕方、ジョギング・コースから少し離れたベンチにかけていると、白いフードつきのウインドブレーカーを着た小柄な男が小走りに通りすぎていった。しばらくするとまた同じ男が反対の方向へ通りすぎた。それが三、四度くりかえされた。おそらく、運動のために同じところを何度か往復しているのであろう。三度目くらいの時、男が口に鳩笛(だったと思う)をくわえているのに気がついた。笛の音はしなかった。しかし、たまには吹きながら走ることがあるのかもしれない。その笛の音を聞いたひとが、それを「鳥の声」といいふらしたのか。

かなり以前のことになるが、わたしは或る観光地(箱根旧街道だった気がする――)で鳩笛を買ったことがあった。年配の男が道端に細長い床几を出し、その上に鳩笛を二列に並べて売っていた。それだけなら多分買わずに通りすぎたが、売り手の男が売りものと同じ鳩笛を吹いていた。メロディーがあるわけではなかった。ハトの鳴き声ともちがっていた。「小鳥の声」でもなかった。ただ、くぐもったような、それでいて澄んでいるような、ボーともホーともちがう、不思議な音の波だった。わたしはその音に吸い寄せられて、それを買った。その時いっしょに行った知人ふたりは買わず、そんな子供だましのようなものを買うとわたしを嘲笑った。家に帰って、わたしはそれを吹いてみた。音は出るが、とうていあの売り手のような魅力ある音ではなく、たんなる土笛の平凡な音だった。

白いウインドブレーカーの男は、あの鳩笛を吹きながら歩くにちがいないと思い、次の日も湖水ぎわの公園のあの場所へいったが、男に会わなかった。だいたい同じ時間に、そのあともう一度同じ場所に行ってみたが、鳩笛男に会えなかった。わたしはアキラメて、なぜかほっとした気持になった。もしあの男が鳩笛を吹き、いつかの観光地の鳩笛売りの男の笛の音に魅了されたと同じような「魔」を感じたとしたら、ハーメルンの笛吹き男についていった子供みたいに、鳩笛の音に誘われてどこまでもついていったかもしれぬと、一瞬コワクなったからである。

18

津田三蔵が事件を起した時、妻亀尾《きを》は二十三歳、子供は女児が満四歳、男児が一歳六ヶ月である。かれらは野洲郡三上村駐在所に住んでいたが、三蔵がとらえられたのでそこを出なくてはならない。夜逃げのように、兄の岡本静馬につれられて伊賀上野へ行くが、亀尾の実家は三人を徳居町の廣出甚七方にいる三蔵の母のもとにゆかせる。

三蔵の母きのは、当時、徳居町五十一番屋敷の廣出甚七という大工棟梁の家の、表の三畳と糸績みの仕事部屋にしていた四畳半の板間を使って住んでいた。寒い湖北(東浅井郡速水)への転勤に際し三蔵からきののことを頼まれた時、廣出甚七はきののために自宅の裏に八畳の離れを建てたそうだが、きのがひとりではさみしいといって廣出家の表三畳で寝起し四畳半で糸仕事をしていたのである。

ところで、裁判の時、津田三蔵は訊問で本籍を問われると「徳居町五十一番」と答えているが、それは廣出甚七の住所である。甚七の孫にあたる廣出良夫によると、この廣出甚七なる人物は津田三蔵より五歳下で、父親同士が親しかった。甚七の父親廣出磯右衛門は津藩作事奉行配下の作事方で十三石二人扶持の禄をもらっていた。一方、三蔵の父の津田長庵は、江戸表にあって藤堂和泉守に抱えられた、家禄五十石六人扶持の医者で藩から下賜された下級武士の長屋の二十六番邸に住んでいた。甚七の父廣出磯右衛門は同じ長屋の二十八番邸に住んでいたので、いわば近所同士。つまり、三蔵と甚七は、同じ長屋に住む下級武士の息子同士で五ツちがいの幼な友だちだったのである。ところが明治二年に磯右衛門が病死した時、甚七はまだ十歳で、城中の勤めが十分にできない。それで旧津藩に士分と家禄を返上の上、平民となり、作事方であった父親の同僚の援助により修業ののち宮大工棟梁となっていた。

この大工棟梁の廣出甚七方に三蔵の母はいたのだが、事件のあった明治二十四年五月の一日と二日の両日、三蔵は伊賀上野へ帰っている。この時のことを、予審判事の訊問に三蔵は次のように答えている。

「一日二日ノ両日休暇ヲ得テ帰省シ二日ノ夜十一時頃帰宅致シタリ」

何用で帰省したかとの問に答えて――

「守山警察署詰トナリシ以来一度モ帰省セシ事ナク母ヨリ孫ノ顔モ見度キ故一度其

地へ行クト申来リシモ自分ハ少々取寄セタキ道具類モアリシ故六歳ニナル子供ヲ伴ヒテ帰省其夜最寄リノ親属等ヲ訪ヒ母方ニテ泊リタルナリ」

三蔵本人によれば、母から孫の顔が見たいから三上村にくるといってきたが、以前母方にあずけた道具類を駐在所にもってきたいので、上の子供をつれて帰省し、親類を訪ねてのちその夜は母方に泊り、道具類を送り出したという。同じ時のことが、町井義純によると次のようになる。

湖北東浅井郡の速水に転勤になった折、伊賀から遠く寒い土地なので母を故郷廣出甚七方に同居させたが、野洲郡三上村は湖北のように寒くもないので母を呼びよせ同居するかどうかの相談のため帰郷。一日正午すぎに町井宅を、夕方には岡本宅を訪れ、翌二日午後ふたたび町井宅へ母と子とともに訪れたが、母が三蔵と同居するか否かの「肝要ノ噺ハ纏マラズ」この件は帰ってからくわしく書面を送るといって急いで帰任したという。

また、同じ時のことが、廣出良夫の記すところによると、「三蔵が事件の年の五月一日、二日に母きのの身のふり方について、親戚と相談するため伊賀上野へ帰ってきた。しかし、親戚の者は誰もきのを引取り、世話すると言う者がいなかったらしい。三蔵は親戚の冷淡さを、つくづく祖父(甚七)に嘆いていたという。二人は、夜遅くまで話し合っていたそうだ。結局、祖父は今まで通り、(きのの)世話をする事になったのである。」となる。

立場によっていうことにズレがあるが、いずれにしてもこの時の帰郷は、廣出甚七方にいる母をどうするかについて、親戚の町井(妹の嫁ぎ先)と岡本(妻の実家)に相談するためでもあったのだろう。廣出家は親戚ではないから、甚七の好意にずっと甘えているわけにもいかない。三上村駐在所に母を呼びよせないのは、母がいやがるからか、子供ふたりを加えて五人となると家が狭すぎるからか、それとも三蔵が母との同居を好まぬからか、いずれかわからない。とにかくこの時親戚のどちらかの家が、一時的であれ母をあずかってくれるのがいちばんいい。ところが結局、親戚の両家は三蔵の母の引きとりを約せず、これまで通り廣出甚七方で母は糸績みの仕事をして暮し、事件当日もここにいたが、三蔵の裁判が終ってのち、母は廣出家から町井家に引取られた。

ところで、津田長庵が藤堂和泉守抱えの「五十石六人扶持」の医者としているのは、廣出甚七による情報(?)——即ち甚七の孫が見つけた廣出家に残る古文書によるとの由であるが、尾佐竹猛は、「家禄百三、四十石を領し」、三蔵七、八歳の時(文久一、二年＝一八六一、二年)「剣を弄して藩規に触れ、家禄百石を褫奪せられ伊賀上野に放逐」

「生涯狂人として蟄居せしめられた」と記していた。廣出家古文書、尾佐竹猛が資料としたであろう文書のどちらも実見していないので特定できない。

三蔵の母きのは明治四十三年に数え年八十三歳で死去。母きのとともに町井義純方で世話された三蔵の女児は成人後東京で、男児は横浜で、関東大震災により(?)死亡したのか、大正年間に二人とも消息不明となったとのことである。岡本亀尾となった三蔵の元「妻」の消息も不明。まだ因習の強く残る明治時代の地方の村でのこと、国の大「罪人」の妻や子やその実家の者は、とうてい以前のようには暮していけなかったのであろう。今ならまだ二十三歳の若い妻(数え年で二十五は当時なら「若い」とはいえないだろうが)が、十四歳で結婚してから三人の子を生み(ひとりは幼死)、仲よく暮していた夫(三蔵が失職中、巡査の講習を受けるため大阪に滞在中に夫宛に出された亀尾の女らしい手紙が残されている由)が急にいなくなり、しかももう帰ってくることはない。実家に戻れず、二人の子は町井家に世話になる義母(姑)にあずけて、しかも実家により婚家から籍を抜かれ、亀尾も同行したのかどうかわからないが、実家のひとたちは村から去った。

今の時代なら、ジーンズ姿の若い母親が当座必要な衣類やモノをクルマに積みこみ、幼児を助手席に坐らせて夜道を走るのは、さして特異なことではなく、また特別に困難なことでもない。年末に実家へ帰る時などに、それくらいのことは、もっと遠距離でもしているひとは多い。しかし明治二十年代に、現在は野洲市だが当時の野洲郡三上村(今も三上山のふもとには家はまばら)から幼児二人つれた普段着姿(もちろん和服)の二十三歳の女はどのようにして伊賀上野まで行ったのだろう。

現在のJR草津線、当時は関西鉄道草津線(草津・四日市間)が開通したのは明治二十三年である。その草津線の草津と三重県の入口ともいうべき「柘植《つげ》」のほぼ中程の「貴生川《きぶかわ》」駅に、三十三年に近江鉄道が開通して水口《みなくち》に連結する。津田三蔵は、滋賀県巡査となって最初に水口署詰を命じられたが、翌年には石部分署、さらにその翌年には三雲駅田川巡査派出所へと勤務先が移る。それらはすべて草津線の「草津」と「貴生川」の間にある。現在の草津線「草津」から二ツ目の駅が「石部」で、ここは旧東海道の石部宿。草津宿で、旧東海道、北陸道、中仙道が分れ、石部宿の次が水口宿。もちろん、明治五年には宿駅制度が廃止になっているから、「石部宿」も「水口宿」も三蔵が勤務のころにはない。

東海道本線の草津駅で草津線に乗りかえ、電車が走り出してしばらくすると左手に三上山が大きくなって近くにある。するともう「石部」だが、そのあたりから田んぼの中を分けるように単線の線路を二輛つなぎの電車がすすんでいく。ずっと両側は田んぼだ。「石部」の次の次の駅が「三雲」である。今は駅のまわりには建物があり、家もある。しかし、草津から都(京都駅)まで、今なら新快速で二十分もかからぬとは思えぬほどの鄙の風景。草津から二十五分くらいで「貴生川」、そこから、今は近江鉄道に乗るとすぐ「水口城南」という駅で、津田三蔵は最初この城下町の水口署に勤務した。当時はまだ近江鉄道はないから「貴生川」から歩いたにちがいない。水口には徳川家光が小堀遠州に指揮させてつくらせたという城の石垣が残っており、城の一部も復原されている。水口藩は廃藩置県の時に大津県下に入り、城も宿場もなくなってしまった。ともかく、甲賀(忍者)の里から伊賀に通じる勤務地を転々としてから、さらに北へ遠ざかって、北陸に近い東浅井郡速水署に転勤、二年後にやっと多少は都に近づいて守山署詰となり、野洲郡三上村駐在所にきたのだった。

亀尾と幼児らは、事件の前年二月に開通したばかりの関西鉄道草津線で「柘植」まで乗ったのだろうか。当時その草津線は「柘植」駅から上野とは逆の東方向「四日市」へ行くので、かれらは「柘植」駅で降り、そこから伊賀上野までは歩いたのか。当時の草津線が「四日市」からさらに東へ名古屋まで延びるのは明治二十八年、西の大阪湊町までは明治三十三年まで待たねばならない。今それは、JR関西本線であるが、明治二十四年にはまだその鉄道はない。

タビトから手紙がくると気味が悪く、不安になる。一年でも手紙のこないことが続くと、手紙の不安から解放された気持になるのだろうか。ところが一ヶ月以上手紙がこないと、次はどんなことをいってくるか、気がかりになってくるのは、手紙によって、やはり操られているのではないか。そう思うとまた不安になり、同時に腹立たしくなってくる。

だれかを殺したいみたいなことを書いてきた時には、不安になり、しばし身構えたこともあったが、テロリストなら、なにかそれらしいことが書かれているはずで、そんなものはないから、たんなる人殺し志願なのかと思ってみたり、ストーカーなら、近くの交番にひと声かけておいた方がいいのかとも思ってみたりしたのだった。

湖のそばでの三度目の夏がくる。ベランダに出ると白い大きな観光船が湖上を動くのが見える。湖を周遊して、船のなかでヴァイキング式のランチやディナーがあるらしい。何年前だったか、かなり前に乗ったことがあった。その時はたしか、歌謡曲のショーが船上であった。それがあるのを知って乗船したのかも知れないが、こまかいことは忘れてしまった。バンドの音楽に合わせて、乗客が二人一組になって踊っていた。あれは社交ダンスだったのか――。今はどうなのだろう。大津港から出たあの白い大きな船で、楽しく湖を周遊するひとたちには、明治時代の大津の町なかで、ロシア皇太子が警護巡査に斬りかかられたなんてカンケーないことであろう。

ベランダからは三上山がよく見える。そういえば、あの三上山のふもとの三上村は天保の一揆のあったところだ。少し前に届けられた市の広報だったかの、歴史散歩のようなコラムに書いてあった。天保十三年財政逼迫の幕府が、増高のために、野洲川や草津川の川筋と湖辺の空き地を検分した。ただしそれが公平でなかったため、甲賀郡野洲郡合わせて百三十ヶ村の百姓が川原に集結して検分中止を強訴した。三上村の大庄屋を本陣にして逗留していた検分役人の勘定奉行を百姓たちが襲い、検分を十万日延期させたのだが、一揆はご法度だったから庄屋以下首謀者は江戸送りとなったという。

現在も三上山の山すそに三上駐在所があるが、昔の駐在所のあった場所はそこではなく、山すそのもう少し西側にあったようだ。

津田三蔵が、滋賀県の巡査、しかも大津の向い岸になる守山署詰三上村駐在所勤務でなく、あの時志願した大阪府の巡査に採用されていたら、あの事件はなかっただろう。西南戦争従軍、滋賀県巡査、大津、御幸山西南戦争記念碑、西郷伝説、ロシア皇太子来遊、運の悪いめぐりあわせである。

明治五年に学制が制定された。寺子屋、私塾でなく公立の「学校」がはじまったのだ。この年、旧三重県では四日市学校、桑名学校、阿拝《あへ》郡佐那具《さなぐ》学校が開校。佐那具は伊賀上野にごく近い。次の年の明治六年には県下に二十一校、七年には十六校、度会《わたらい》県では六年に七十四校、七年に二十校が開校。このころの「学校」教員の多くは、旧士族、僧侶、神官などで、師範学校で教員教育を受けた者ではない。師範学校ができるのは明治七年になって度会師範学校、八年になって津にできた師範有造学校。

津田三蔵は明治四年に十七歳で「召募」されて陸軍兵士となっているから、六年からはじまる「学校」には通っていない。三年で帰っていれば、巡査でなく教員になる可能性もある。兵役から解放されるのが二十七歳だから、「学校」には遅れてしまった。明治十三年一月に津中学校が開設されているが、二十七歳で帰郷してからではそこへの入学は無理であり、学校どころか、帰郷した時から三蔵は稼がねばならない。つまり、自由の身になった時には明治維新によって生れた学校制度の恩恵からはぐれてしまっていたのである。

「妻は子供をほしがっていましたが、生む前に急に病死してしまいました。妻の子供をほしがる理由は、普通とちょっと変っていました。子供を育てていくのは、一生の退屈をつぶすのには一番いい方法だからというものでした。もちろん父には、こんなことは話していません。そのころは、妻のいうことはおかしいなと思いましたが、今はそうかもしれないと思います。自分は、父のように店を出さず、会社につとめていますが、もし仕事をしなかったら、なにもすることがなく、死ぬまで長いので退屈でたまらないと思います。妻は子供は次々に生めるだけ生みたいといってました。子供が次々に大きくなって、いちばん下の子供が母親の必要がなくなった時に死ぬと退屈もしないし、子供にも都合がよいのだといいましたが、そんなにうまくいかないでしょう。妻は退屈する前に亡くなったので、案外本人はかなしくなかったかもしれないと思って、自分をなぐさめたのです。それでも親せきやいとこや会社にいる女のひとらがしている結婚や子供の話と、妻の話とは相当ちがうので、やっぱり、妻は少し変っていたのかと思っています。」

こういうタビトの手紙を読むと、妻に死なれてから独身のまま、どこかに勤めているのだろうと思ってしまうが、どこまでがホントかはわからない。「子供は次々に生めるだけ生みたい」といったというタビトの妻。今の世間には珍しいタイプの女性だろうが、どんな感じのひとか、手紙からだけでは想像できない。それに、そんなことをアレコレ想像してみたとて、もしタビトにかつがれているとしたら、ばかばかしい。

ただ、「一生の退屈」というのは、いささか気になる。まだ三十代(と推察するが)で、「一生の退屈」を先取りして知っているなんて。津田三蔵の妻には、そんなことはありえない。おそらく父(か兄)の命令で、十四歳で(入籍は十六歳の時だが)嫁入りさせられた。といっても、当時ならごく普通のことだっただろう。明治三十年代生れのわたしの母親は、サムライの階級の子ではないが、「背が高かったので十三の時、嫁にもらいにきて、親があわててことわった」と笑って話してくれたことがあった。

続いてきたタビトの手紙にはこんなことが書いてあった――。

「父は六十六歳で病死したのですが、母を失くした時より、こたえました。勤めておれば停年をすぎていますから、若くはありませんが、知り合いはみな、まだ若いのに、といいました。六十六でも若死といわれたのですが、まわりを見ると八十代、九十代の親がいるひとがけっこういるので、そうなのかもしれません。九十いくつかになる親のいる知り合いが、自分の父のことを子供孝行だといいました。親孝行でなく、子供に迷惑かけるほど長生きしないのが子供孝行なのだそうです。時どき、父のことを思い出すと、知り合いのいった子供孝行ということばを思い出します。二十年先なら、もっと身にしみると思います。どちらにしても、死ぬまで大変です。」

「もし妻が病気にかからず元気で、希望通り次々に子供を生んでいたら、こんなのん気なことはいっておられないと思いますが、妻が急死してから、高校の時に考えていたことを実行したいと思うようになりました。親も妻も子供もいないので、迷惑はかかりません。自分ひとりでやりますから、他人にも迷惑はかかりません。だれも巻きぞえにはしません。自分が思っているようにできるかどうか、自分でもわかりません。自分はもちろん死ぬ覚悟でやりますが、その前に、自分のやろうとすることが簡単にはできないのが、いくらバカでもよくわかるのです。でも一方で、案外スッと簡単にいくような気もするのです。自分みたいに、普通っぽい男をだれも警戒しませんから。高校生のころから、ずっとそのことを考えていたような気もしますし、忘れていたような気もします。だれにも相談したことはありません。本もあまり読みませんし、父がさんざんすすめたのに大学もいきませんでしたし、考えるのはにが手ですが、直感はありますから、気おくれさえしなければできると思います。」

19

日本に来た時二十三歳になったニコライは五十歳の時に銃殺された。ニコライの最後の日記は処刑四日前のものである。

「七月十三日　土曜日　アレクセイはトボリスクから到着してはじめて風呂に入った。アレクセイの膝はよくなっているが、まだ足を完全に伸ばすことはできない。気候は暖かく快適だ。外からのニュースは何もない。」

処刑は前もって知らされず行われたから、ニコライの最後の日記の文句のどこにも死のにおいはない。一九一八年(大正七年)七月十七日、幽閉されていたエカテリンブルクの技師イパティエフ邸の地下室で警備隊長らに、ニコライはじめ家族全員が射殺され、遺体はどこかで焼却されたとも、どこかに隠されたともいわれていた。ところが大津で津田三蔵に斬られた時に、ニコライが近くの呉服店の床几で血をぬぐったそのハンカチーフが滋賀県に保存されているので、百年も経ってからモンダイとなった——。

一九九一年、ニコライたち家族五人と従者らしい遺体が九体、エカテリンブルクで発見された。革命で社会主義国ソビエトとなり、そのソビエトが崩壊した直後のことである。しかしニコライのものなら死後七十年以上経っている遺体を確認しなければならない。骨のDNA鑑定にニコライの血のしみこんだハンカチーフが役立つ、ということになったらしく、「歴史資料」にもかかわらず、ロシアの要請に応えるべくクニからの圧力か命令かで血ぞめのハンカチーフの一部が切りとられた。しかし百年という年月で変質していたせいか、付着した不特定のヒトの唾液のせいか——日本にいるロシア正教の信者たちがこのハンカチに接吻していた(?)——で検査の役に立たず、イギリス王室のロシア王家の血をひく人物の協力でニコライ二世の骨と確認されたとか。ニコライはこのように死後までも大津にかかわってきたのだが、いわゆるタタミの上で死ななかったところは、立場こそちがえ大津で斬りかかった津田三蔵と同様である。

三蔵は、裁判の陳述の最後に次のように述べている——。

「此度露国皇太子殿下の頭部に二刀を加え、其心を寒からしめ、後来を省みる処あらしめんとしたることは、素より死を決して為したるものなれば、自殺し能《あた》わざりしは残念なれども、今日に至りては止むを得ず。最早我国法に依り処断せらるるの外なし。ただ願わくは、我国法に依り専断せられ、何卒露国に諂《おもね》るが如きことなく、我国の法律を以て公明正大の処分あらんことを願うのみ。」

この三蔵の「最後の一言は満廷をして粛然たらしめた」(尾佐竹猛)そうであり、大津地方裁判所判事三浦順太郎によると「実に寸鉄殺《ひとをころす》レ人の感があった」とのことである。

この時の津田三蔵は憔悴し、「頭部に繃帯」をしていた。身には、「黒紗五ツ紋の羽織に浅黄に黒の竪縞なる銘仙の単衣を着し、茶色の博多帯を締め、白足袋にて白鼻緒の麻裏草履」をはいており、洋服姿ではない。戦後(もちろん応仁の乱でも日露戦争でもなく太平洋戦争)生れのほとんどのひとに、浅黄に黒の縦縞の「銘仙の単衣」に「黒紗五ツ紋の羽織」がすぐに目に浮ぶかどうか。「紗」も「単衣」も夏物で、衣替えの時節のキッチリしていた当時のことだから、五月二十七日なので夏物を着用しているわけである。「紗」は薄物で透けるように軽い織の布。この紗の黒紋付(五ツ紋)の夏羽織は夏のフォーマル・ウェアとしての着用。この裁判に証人として召喚された車夫も羽織袴姿である。

三蔵を斬った車夫の行為について弁護人のひとりが「本件附帯の犯罪として取り調ぶべきに、其の取り調べあらざるものは、尋常に異る事件なればとて、附帯の犯罪とせられざるものならんか。外国の為なればとて之れを枉《ま》ぐるは、出来得べからざるものと思考す。」と述べたが、問題にもされていない。本来なら、他人の背中と首筋をうしろから斬ったのだから犯罪であるが、その取り調べもなかったのはおかしいと訴えている。同じことを、民間から訴え出たひともあったが、その時も車夫は罪に問われなかった。この事件の二年前、明治二十二年に時の文部大臣森有礼が自宅で刺された時、警護の巡査がその場で犯人の首をはねたのが無罪だったという「前例」があったとの由。召喚された車夫には前科があったがそれも問われなかった。

予審で判事がした津田三蔵への「問」によって、当時巡査が「賤業」視されていたのがわかったが、車夫に対しては巡査よりもその度合いが強い。ふたりは大枚の金とともに勲八等の勲章を受けている。日本政府からの年金三十六円でも、かれらの身分の者には大金だとの思いがひとびとにはある。それが一時金二千五百円、年金千円だとなると、庶民大衆がどのように反応するかが想像できようというもの。国難を救ったのだから当然とする一方で、とりいろうとする者、ちやほやする者、やっかむ者がでてきて滑稽を演ずるのは、いつの世も同じで、また、思わぬ大金を手にした者がとりがちな道筋も、これらの車夫も同様だった。ひとりはもらった金で田地を買い、読み書きを習って、のちに郡会議員となり、ひとりは金にまかせての放蕩、いろいろな事業に手を出してはしくじって、かれらに与えられる約束の年金が、日露戦争で中止となったこともあり、ついには紙屑拾いにまで落ちたとのことである。

五月三十日に、津田三蔵は膳所監獄署から朝十時に馬車で馬場停車場(現在JR膳所駅)へ、そこから汽車で兵庫仮留監へ送られた。護送には警部一名、巡査二名がついた。十一日の事件から十八日間膳所監獄署に在監していたが、この十八日間には訊問もあれば裁判もあった。それよりも、車夫に斬られた首筋の傷はどうなったのか。監獄署医務係による病状日誌に三蔵の受けた傷について記録されている。

事件の翌日の十二日、消毒帯を換える時に「創傷外景ヲ検スルニ二創アリ」として、「一ハ弁状創ニシテ外後頭結節下ニ始マリ両側ニ弧線ヲ画キ全弧線ノ長凡十四cmニシテ両端ノ距離十一cm弧頂ヨリ基底ニ至ル三cm半ニシテ恰モ上方ニ向ル弁ノ如シ」——首うしろ、後頭部下から両耳下へ弧(半円)を描くように斬られている。弧線の上部はさほど腫れておらず指で押すと少々痛い程度だが、弧線の下部、即ち半円の下部の先の方は「著シク腫起発赤シ軽易ノ圧ニ由リ劇痛ヲ訴フ」——刀をひろって斬った車夫が刀のズブの素人だから妙なカタチの傷になったのかどうか、首のつけ根あたりが深く斬られているようで触れば激痛、「是レ溢血ニ因スル炎性症状ニシテ該創傷ハ或ハ化膿ノ転帰ヲ取ラン」と記されている。今一ヶ所は背中、「第二胸椎ニ対スル部ノ切創ニシテ左上方ヨリ右下方ニ至ル其ノ長サ八㎝」。

この日の第二回の大津予審調書に「被告人ハ或ハ目ヲ閉ヂ或ハ俯伏シテ面部ヲ蔽ヒ又或ハ長大息スルノミ反覆訊問ヲ試ムルニモ拘ハラズ一言ノ応答ヲ為サズ」とあったが、この記録でも同じ十二日には、「氷片ヲ時々用ルノ外食餌ヲ嫌忌ス」「沈黙ノ状態ニシテ応答更ニナク時々長大息ヲ発シ不絶妄想ニ支配サルヽモノヽ如シ」の記録があり、この日は監獄署でも裁判所でも、ひと言も喋らず、「長大息」するのみであったのがわかる。しかも食事拒否。これは「自殺」の意志によるもので、予審判事三浦順太郎は三蔵が一切応答しないので十二日はやむをえず帰ったが、翌十三日も同様なので訊問の方法を変え、単身三蔵の病室に入って二人きりとなり、打ちとけた態度で話しかけても口を開かなかったが説諭の結果、「自殺したいから之を許されたし」といったという。三浦は、この事件のために「内外に容易ならざる騒擾の起れること」「天皇陛下には、態々御見舞のため、急遽昨日京都へ行幸ありし旨」等々語ってきかせた。三蔵はこれを聞いて「屹然として、その容ちを改め、悔悟の状を示し、以後謹んで国法の処分を待つべし」と答え、運びこんだ粥を食したとのことである。

この十三日には、「後頭」のキズの、弧状左右十針余縫合の数針は抜糸。ただし首つけ根近くの「弧頂」の四針は抜糸できず、消毒してゴム管を挿入してキズの内部からの「滲漏物」の排出の便をはかったとある。

十四日も、後頭部キズは、「血液及凝血滲漏物ノ為繃帯ヲ汚潤セルモ化膿ヲ見ズ」とのこと。

十五日も十四日と同様だが、背中のキズの縫合糸五条のうち三条を抜去とある。

十六日は後頭部の「創面稍ヤ化膿ニ傾カントスルヲ認ム」、同日のうちに「化膿ヲ見ズ」となり、背中は残りの二針の縫合糸を抜くとある。

十七日には「後頭弁状創始メテ醸膿ヲ認ム」とあり、後頭部のキズにはウミが出てきた。背中のキズは異常ない。

十八日になると「後頭部創排膿ノ為汚染セルコト稍甚シ背創ハ逐次佳良ナリ」で、背中は治りつつあるが、後頭部首すじのキズからはウミがかなり出ている。事件当日から一週間過ぎているが、後頭部のキズは治っていない。ところが、次の十九日、「消毒帯交換ス創正形状前日ニ均シ」とあるのを最後に、二十日からは「消毒帯ヲ交換ス」とあるのみで、二十一日には「創囲毛髪稍長生セルヲ以テ之ヲ斬髪ス」、即ち消毒帯をとりかえる時に伸びた毛髪が邪魔だから切ったというだけで、キズの処置に関しては二十六日までなにも記さず、二十七日には大審院公判に出廷するためなのか、その朝「消毒帯交換ゴム管抜除ス」とあるので、その日まで、ウミを出すためにキズ口にゴム管をさしこんでいたのがわかる。この日裁判所には十一時に出て、帰監は午後七時四十分で、その後の診断では、「顔面潮紅稍疲労セルノ状アリ」としながらも「著シキ変状ヲ認メズ」。ただし本人は「身体動揺シ為全身倦怠及後頭部ニ疼痛ヲ訴フ」のである。後頭部のキズはもとより軽傷でなく、この日、裁判の途中、一時裁判所内の臨時監で休養させられたくらいの健康状態。それでも翌二十八日は「繃帯交換創正順良」、二十九日「繃帯交換スルニ可良」となり、この日に既決病室に移された。そして三十日にはここから兵庫仮留監に送られていく。それは津田を神戸から船で北海道の監獄に送るためである。

目をあげると視界の端から小さなトロッコが三台あらわれた。近づくにつれて、そのトロッコに赤い丸いモノがいくつも乗っており、揺れ動いているのがわかる。湖岸の渚に伸びている公園の昼前。樹の下のベンチで本を読んでいるひとか、湖岸から釣り糸を投げては待っているひとしかいない。わたしもそのひとり、蛍光灯の下でするより目が楽なので、明るい外の光で編物をしているのだ。

向うにベンチが二ツ並んでいるが、その前は芝生の平地になっている。そこへトロッコ三台がとまった。わたしの坐るベンチから三十メートルくらいか。トロッコと見えたのは、乳母車くらいの深さの木箱(布製かもしれない)に四輪をつけた手押し車で、そこに幼児が乗っていたのである。幼児らは頭に同じ赤い布製の運動会の時のような小さなキャップをかぶっている。それを押してきた若い女性が、なにかモノを取り出すように幼児をひとりひとりトロッコから芝生の上におろす。かれらはみな同じ形の水色の上衣を着ていて、ひとつの箱車に十人くらいずつ乗っていた。まだほんとに歩きはじめて日も浅いと思われるくらいに小さい子、よたよたしてころぶ子もいる。おそらく、小さな子らは、箱のふちにつかまって立っていたのである。三台のトロッコ、いや手押車からおろされた幼児が芝生の上にかたまっているが、やがてあちこちによたよたと歩き出して、かたまりがくずれ、広がってゆく。車を押してきた三人の若い女性が、ニワトリを追いこむように三方から手をひろげて、その外へは幼児たちを出さない。幼稚園児なのか、保育園児なのか、わたしにはわからない。

三人の女性が青いビニール・シートを芝生の上に敷き、そこに幼児たちを坐らせる。幼児たちは勝手な方を向いて、脚を開いて坐っている。あばれたり、泣き出したりする子はいない。ただし、坐ったまま、うしろにひっくり返る子がいる。こんなに泣き声やわめき声のしない幼児の団体(?)を見るのははじめてなので、編物の手を休めて、思わずじっと眺めてしまうのである。

赤い帽子、というより赤い点々が上下に揺れているその背後に、湖水と山が見える。あの幼児たちは、五十年後に今日この湖のそばに連れてこられたのをおそらく覚えていないだろう。四ツか五ツくらいの時のことなど、わたしはほとんどなにも覚えていない。六ツの時の十二月に、戦争がはじまったと親たちはいうのだったが、その日のことなどナーンニモ覚えていない。

「五月三十一日午前七時三十五分、馬場発列車にて神戸仮留監に護送せられ、外百十九名の囚徒と共に、日本郵船会社汽船、和歌浦丸にて六月二十六日、横浜着港、同月二十七日午後二時出帆、七月二日北海道釧路集治監に収容された、此時は創傷は癒へたが身体衰弱し、普通の労役に堪へなかつたから藁工に従事しておつた。同年九月二十七日午前俄かに発病し、人事不省となり、医員は肺炎と診断したが、同月三十日午前零時三十分終に死去した。」と津田三蔵の死について尾佐竹猛は記している。

事件のあったのが五月十一日、裁判が五月二十七日、北海道釧路着が七月二日、そして死が九月三十日。北海道で収監されてから三ヶ月も生きていない。大津を出る二日前の五月二十九日には「現徴ニ由リ案ズルニ長途ノ歩行ヲ禁ジ腕車、汽車若クハ船舶ノ旅行ハ差シ支ヘナク」、つまり長距離の歩行はいけないが、人力車、汽車、船等の乗物の旅行ならいいと診断され、一ヶ月して北海道に着いた時には「身体衰弱し、普通の労役に堪へなかつた」ことになる。

釧路集治監は北海道集治監釧路分監で釧路国川上郡熊牛村字標茶《しべちゃ》にあった。津田三蔵がここに収監されたのは七月二日だから、気候の上ではきびしい季節ではなく、厳寒期の流刑地での労役に耐えきれずに死んだのではない。

囚人津田三蔵は「絶食して病没」という説もあるらしいが、事件後すぐの時にも絶食して自死しようとしていたことがあり、三浦判事にたしなめられてやめたことがあった。国の裁きを受け、それに従うとその時いい、裁判で刑が決った。裁判では、津田を日本皇族殺害未遂と同様の罪として死刑にするかどうかが問われ、判事ひとりの反対があったらしいが、結局お上の圧力をかわして通常の謀殺未遂罪で死刑ではなかった。このことは、司法が司法権を守ったともいわれた。その後、このことへの、或いは時の大審院院長児島惟謙に対する評価も一色ではなくなってきたらしいが、当時の政府の死刑論にも司法権云々の議論にも、「犯人」はおきざりにされていた。津田三蔵なる巡査は「犯行」の時までは「犯人」でなくフツーのひとだが、国を大騒ぎさせたこの人物は、生れつきの凶徒に扱われ、裁判がすめば、裁判のおかげでまだ生きている「犯人」にすぎなかった。今も昔も獄舎の塀の向う側のことは、一般人にはわからない。勝手な想像や憶測はしない方がいい。とにかく「身体衰弱」していた津田三蔵が、北海道釧路の監獄で、三十六歳で死んだのだが、三浦判事に約束した通りに「ロシアにおもねることなく国法をもって公明正大の処分あらんことを」と最後に陳述して国の裁きを受け、「無期徒刑」をいい渡されたあの裁判の日、津田三蔵は死んだのではなかったろうか。ドイツ人作家ダウテンダイの物語の主人公体操教師オオミヤのように、「犯人」津田三蔵は琵琶湖を小舟で逃げていきはしなかった。

「学校が夏休みになると、どこへ行っても子供がいてうんざりします。クルマが混んでいるので、仕事になりません。とくに、お盆のころの高速道路の渋滞には毎年いやになります。不思議なのは、何十キロの渋滞でも、みなけっこう楽しそうなことです。自分は仕事で仕方なしに高速を利用していますが、レジャーならぜったいに渋滞の時にはいきません。何度も連休や年末の渋滞を経験しての結論は、みんな渋滞が好きなんだということでした。パーキングエリアでの飲み食い、同じ境遇のひとたちとの一体感がたまらないのです。ほんとうにいやなら、他の時に出かけます。みんなが休むから休む、みんながいくからいくのが楽しいのです。みんなで渋滞にあうから楽しいのだと思います。どんなに景色のいい所でも、だれもいなければさみしくて行かないと思います。インターチェンジやパーキングエリアで、渋滞を怒って大声あげてるひとや、のろっているひとを見たことはありません。高速の上でも、ほとんど動かないクルマのなかから怒って飛び出してくるひとを見たことはありません。高速の渋滞は普段とちがうので、多分楽しんでいるのだと思います。だから、渋滞は長ければ長いほどいいのです。めったにない経験をするので、あとで自慢なんです。

お祭とかイベントとかも、なにかあればなんでもひとがいっぱいです。この間、テレビのクイズ番組で、「もらうものは夏の小袖」ということわざを知りましたが、町おこしみたいなイベントでなにか配るとなににでもひとが群がって、もらっています。食べものを配るとなんでももらって食べます。冬なら甘酒、しる粉、芋汁、ラーメン、七草かゆ、とか。仕事で、そういうところを通りかかると、必ずひとが並んで立食いしているのにおどろいてしまいます。これは冗談ですが、ひょっとしたら、猫肉入りギョーザでも、ゴキブリの唐揚げでも、みんなが行列してもらっていたら、もらって食べるような気がします。」

一時のように定期的でなくなったが、それでもひと月かふた月に一度くらいはタビトの手紙がくる。物騒なことは書かれていない。高速道路を仕事で使っているというから、ひょっとしたら長距離トラックの運転手かと想像してみるが、手紙全部がウソだったら、どんな想像もバカを見るのだと腹立たしくなり、手紙によってタビトの生活を想像すべきではないと思いかえしたり、この程度のことでだれかに相談するか訴えるかしても相手にされぬであろうと、いずれにしても、縁もゆかりもない人間に、ひと時でも理不尽に感情を支配されるので、手紙を読まされる度にどこかに不快感と不安が残る。これがホンモノの「ストーカー」につきまとわれたら、どんなに不安で不快、それより恐怖するだろう。特定の他人に一方的に執着し、病的に妄想——妄想というのは病的だが——しているのだから、執着し妄想する相手がどんなに恐怖し、不安で不快で迷惑しているかなんて想像力はない。タビトと仮に呼ぶ男も、おそらく自分の送っている手紙の相手が自分の手紙によって不安や不快を感じているなんて思ってもみないだろう。思ってもみないから、それをやめないのだ。それでもまだわたしには、ひとりの四十近い男が——いう通りに××市にいたあの電気屋の息子としての話だが——父親の店のお客さんで、気さくに(?)話していたオクサンを思い出して手紙を書いているとしたら、なんて思いやるところがあり、もしなにか事件が起れば、それが甘かったとなじられるのだろう。

八月になると大津港で花火大会がある。湖上での大がかりな仕掛け花火は見ごたえがあり、その日は午後になると早くもどこからともなくヒトが集り出してくる。夕方になると花火を見るのに絶好の場所——湖岸の公園では、花見の時のように「場所取り」がはじまる。四十万のひとがくるのだからと商店のひとがいってたが、どうなのか。

湖岸を歩いていて、藻が一メートルおきぐらいに大きなカタマリとなって湖水から打ちあげられているのに出会ったことがある。いつだったか、散歩に来て悪臭がすると思って湖岸に近づくと、渚をつくる大きな石と石の間に死んだ三十センチから五十センチくらいの魚があちこちに頭をつっこんでいたのを見たこともあった。

また、湖岸のジョギング・コースを歩いていて、湖水から大きな魚——岸からかなり距離があったから、その大きさは一メートル以下ではありえない——が飛びあがり、弧を描いて、水に入ったのを見たことがあった。魚の大きさが尋常でないので、目の錯覚か、マボロシを見たのかと一瞬思ったが、近くの石に並んで坐っていた若い男女が、おたがいに「見た？」と驚いて立ち上ったので、マボロシではないと思ったのだった。後日乗った京阪石山坂本線の電車の胴体に、琵琶湖に棲む魚を実物大(？)で描いてある車輛があり、あの巨魚がビワコオオナマズらしいのを知ったようなこともあった。

花火大会に集ってくる若いひとたちにユカタ姿の女の子が目立って多い。昔のように藍染めでなく、ピンクや紫やさまざまなパステルカラーの花模様――。帯や小物、下駄まで揃えてのセット商品として売られているのだ。今やそれはお祭や花火大会のアイテムらしい。いちばん手軽に着用できる「和」の服として――。彼女らの母親、いや祖母もすでに浴衣なんて自分で裁ったことも縫ったこともない世代。「糊のきいた浴衣」は死語である。

数日前に美容院で大いに笑わせてもらった話を思い出した。二十三歳だという美容師さん、なかなか腕が良さそうで、職人意識もある。花火大会の話から、自分の体験だといって「話芸」でもサービスしてくれた。

去年の祇園祭、ちょうどお店が休みの日で、友だち三人と京都へいったんですよ。みんなユカタ着て、帯も結んで。ユカタと組合わせてあるから、それを買うんです。赤い鼻緒の黒ぬりの下駄がついているのもあります、みんなそれ買うたんですよ。帯の結び方も三種類くらいありましたけど。ものすごいひとですよ、四条の方へ向ってたんですけど、ひとに押されて、友だちにはぐれないようにするのがやっとなんですよ。アイスクリーム食べにいったり、木屋町の辺でもの食べたりして、その時はなんともなかったんです、気がつかへんかったのかもしれないんですけど。三条から帰ろうと、川端通りの信号渡るとこで、友だちがもうひとりの友だちのうしろに帯のないのに気がついたんです。あの帯、前にぐるぐる廻すのとうしろに結んであるのと別々なんですよ。蝶結びにしている根元の裏に、針金でつくった長い靴べらみたいなのが付いていて、それを前に巻いた帯に差しこんでるんです。多分ひとに押された時、うしろの帯の靴べらが抜けてどこかへ飛んでいったんでしょうね。その子は泣きそうになってるのに、わたしももうひとりの子もその恰好見ておかしくておかしくて。帯とられた子、うしろがズンベラボーなんで寝まきで歩いてるみたいやいうし、もうひとりの子が、昔の絵にある安女郎みたいとかいうので、よけいに、帯のなくなった子は怒ったり泣いたり、しまいにみなで大笑いになったりして、それでも、なるべく帯のない子のうしろ姿をカバーして歩いて——。あの子、今年は帯だけ買うのかなあ——。まあ、大津の花火は、あそこまでこまないから大丈夫でしょうけど。

主な参考資料

「津田三蔵書簡」樋爪修（大津市歴史博物館研究紀要11）　二〇〇四
『大津事件に就て（思想研究資料特輯第65号）』覆刻版（上・下）安斎保　東洋文化社　一九七四
『大津事件』尾佐竹猛著／三谷太一郎校注　岩波書店　一九九一
「湖南事件の回顧」雨（尾佐竹猛）（法曹会雑誌）
『征西従軍日誌』喜多平四郎／佐々木克監修　講談社　二〇〇一
「滋賀県所蔵『大津事件関係資料』（翻刻）」土井通弘　樋爪修（滋賀県立琵琶湖文化館研究紀要18）　二〇〇二
『最後のロシア皇帝　ニコライ二世の日記　増補』保田孝一　朝日新聞社　一九九〇
『新修　大津市史』大津市役所　一九七八～一九八七
『大津事件日誌』児島惟謙／家永三郎編注　平凡社　一九八九
『児島惟謙　大津事件手記』山川雄巳編注　関西大学出版部　二〇〇三
『大津事件の真相（復刻版）』早崎慶三　サンブライト出版　一九八七
『近江八景の幻影』M・ダウテンダイ　河瀬文太郎・高橋勉訳　文化書院　二〇〇四
『大久保利通』佐々木克監修　講談社　二〇〇四

『神風連とその時代』渡辺京二　洋泉社MC新書　二〇〇六
『後は昔の記他　林董回顧録』由井正臣校注　平凡社　一九七〇
『明治百話(下)』篠田鉱造　岩波書店　一九九六
『大津事件の津田三蔵と廣出甚七』廣出良夫　私家版
『三重県の歴史　県史24』山川出版社　二〇〇〇

岩波現代文庫版あとがき

『湖の南』は二〇〇七年『新潮』一月号に掲載された時も、二〇〇七年三月に新潮社より単行本として刊行された時も、タイトルに副題はなかった。此度岩波現代文庫として出版されるにあたって「大津事件異聞」を付けた。『湖の南』は「小説」作品として書かれたが、大津事件に関するところはすべて資料通りで、作者が変えたところはない。また版が変わるための加筆、削除、訂正はしていない。尚、文庫化には中川和夫氏(ぷねうま舎)と大塚茂樹氏(現代文庫編集部)のお世話によった。

二〇一一年九月

富岡多恵子

解説

成田龍一

1

富岡多恵子さんは、多彩な顔を持つ。数多くの詩集を有する詩人であり、『波うつ土地』や『逆髪』などの作品を刊行した小説家であり、さらに評論も手掛ける。室生犀星や釈沼空、中勘助の評伝や考察もある。映画のシナリオを書くかと思えば、歌詞ものし、さらには歌っても見せる。こうした多様な表現と活動を貫いているのは、富岡さんが「語り」を意識し、「語り」を実践することの可能性の追求のように見える。

この富岡さんが、歴史を叙述するとなれば、いったいどのような歴史の語りがなされるか、いやがうえにも期待が高まる。なににせよ、エッセイの集成である『富岡多恵子の発言』(全五巻、一九九五年)の最終巻は、「物語からどこへ」と題されている。「小説」という形式、「物語」という内容にまで挑戦している富岡さんは、歴史的事件をいかに叙述するのであろうか。

2

『湖の南』で扱われるのは、大津事件として知られる出来事である。一八九一年五月一一日、シベリア鉄道の起工式に臨席する途次、日本に立ち寄っていたロシアの皇太子・ニコライを、滋賀県大津で、いきなり警備の警察官が切りつけ、負傷させた事件である。大国ロシアの皇太子を傷つけたということで、日本政府および国民が狼狽した事件とされている。同時に、その警察官・津田三蔵を死刑にせよ、との圧力が政府関係者から高まるなかで、司法の領域では法に基づき津田を裁き、五月二七日に無期徒刑の判決を下したことでも知られている。司法の独立を守ったという観点で評価される出来事でもあった。

大津事件をはじめ、歴史的出来事を描くときには、〈いま〉との関連をどのようにつけ、そのことを説明するかが要となる。すでに記憶から消え、歴史の領域に入ってしまった出来事をあらためて論ずるには、その意図―問題意識があるはずであり、すべての叙述がそこから出発するためである。これは、歴史学にも、歴史に素材をとった小説にも共通している。

このとき、『湖の南』では、語り手である「わたし」が、「近江八景展」のポスターを見かけたということから話がはじまる。その「近江八景」の文字から、『ビワ湖八景』という本を思い出し、さらにそのなかの物語のひとつが、大津事件をモデルにしていたことをいうのである。

他方、「わたし」は、近江にかかわり、かつて高校時代に暗誦させられた歌を思い出す。大津京があった古代の歌であるが、その歌の背後には「当時の現実、当時の政治状況」があると思い、東アジアの緊張関係に思いをはせる。「クニの命運」を考えるわけではなく、まして「謀反」を企てているはずもない「わたし」であるが、連想のなかのこの一言は、大津事件の叙述への伏流となっていく。

『湖の南』のなかで、『ビワ湖八景』の著者とされたドイツ人作家のマックス・ダウテンダイには、『近江八景の幻影』(二〇〇四年)として翻訳された著作がある。また、大津市歴史博物館で、二〇〇三年春に「近江八景」のミニ企画展を行っているなど、叙述に対応するような事項(「事実」)があり、『湖の南』における富岡さんの叙述は、虚実にかかわる複雑な構成が、冒頭から凝縮して提示されている。語りのなかに含まれる「事実」――それを構成している要素と、他方、それを語る側の意図と連想とが織り込まれるようにして、導入の部分が記されている。歴史の語りに直接にかかわる営みと問題の系列が、冒頭から提示されている。タイトルを持たない19の章に分けられており、大津事件が記されるのは3章からである。

3

『湖の南』は、大津事件に関しては、その本格的な考察のはじまりとなる、尾佐竹猛(『明治秘史疑獄難獄』一九二九年)が、「来遊記」「事変記」「裁判記」と分かたれているように、皇太子の来遊・負傷と、加害者の裁判にかかわる出来事とがある。歴史学の領域では、大津事件は圧倒的に後者に比重を置いて考察されてきた。『伊藤博文秘録』をはじめとする政府側の史料、大審院の児島惟謙の綴った日誌や回顧を駆使し、「司法権の独立」をいう児島の手記への史料的な検討も含め、数多くの研究が提供されてきている。

そのひとつの方向は、田畑忍『児島惟謙』(一九六三年)など、児島研究に代表される、司法権独立をめぐる攻防の観点である。総理大臣・松方正義と内務大臣・西郷従道、そして外務大臣・青木周蔵ら、政府担当者が、津田に刑法第一一六条の皇室に対する危害罪を適用し、死刑とするよう働きかけた。だが、第一一六条は日本の皇室を対象としており、大審院院長の児島惟謙は、刑法第二九二条、第一一二条など、謀殺未遂罪を適用し、無期徒刑としたことを記すのである。

政府の介入のほか、明治天皇が、五月二〇日に裁判官と検察官に対し、速やかに処分を求める趣旨の勅語を出してもいる。大津事件は、大日本帝国憲法が発布されてから、わずか二年後の出来事であり、さまざまに干渉がなされたなかで裁判が行われたことを記していくのである。

さらに、歴史学の世界では、いまひとつの方向がある。田岡良一『大津事件の再評価』(一九七六年)などが考察する、日本とロシアをめぐる国際関係のなかに大津事件を置き、ロシアとの交渉を軸とする研究である。国際法学者の田岡は、ロシアに対する日本政府の恐怖を強調し、青木周蔵とロシア公使シェーヴィッチの皇太子訪日前の交渉——皇太子に万が一の事態が起こったばあいには、厳罰をもって対処するという密約——を重視する。政府の狼狽と干渉の背後に、ロシアの脅威、とくにシベリア鉄道に対し、敷設計画段階から神経をとがらせていたことなどへの認識がある。

もっとも、近年の研究では、事件後、五月一六日の日露交渉で、すでにロシアが賠償を求めないことが分かっていた点に着目している。また、大津事件に関する言論を統制するため、緊急勅令が出され、外交上の事件の記載に対し「検閲」を行ったが、このため新聞報道が一挙に引いてしまったことも指摘されている。

かくして、歴史学の領域では、大津事件は、近代国家としての日本がまだ途上にあり、そのさなかに起こった出来事として考察され、国家と法、日露の国際関係、近代政治の原則などの観点が軸となっていた。ここでは、実行者の巡査である津田三蔵は、関心の外に置かれていた。

他方、文学作品でも、大津事件を扱ったものは少なくない。吉村昭『ニコライ遭難』(一九九三年)、藤枝静男『凶徒津田三蔵』(一九六一年)、あるいは夏堀正元『勲章幻影 小説大津事件』(一九八八年)、さらには佐木隆三『勝ちを制するに至れり』(一九八五年)などをあげることができる。ここでは、さすがに津田三蔵に対する関心と言及が見られる。

しかし、吉村『ニコライ遭難』は、皇太子の来日から叙述されている。皇太子の負傷を、日露関係のなかで叙述し、あわせて、政府の狼狽ぶりがたっぷりと記される。この点では、さきの尾佐竹猛の構成と類似している。さらに叙述の文体も、史料引用の作法も歴史家のお手本のようである。こうした観点からは、津田三蔵への関心は「犯人」ということに終始し、その論証のために、『ニコライ遭難』では、予審調書が多用される。

津田三蔵に焦点を当てたのは、藤枝『凶徒津田三蔵』であるが、藤枝も「ひとりよがりの愛国心」に取りつかれた「凶徒」として三蔵を記すこととなった。

このとき、富岡さんは、こうした「凶行」から離れて、津田三蔵に着目する。事件を引き起こすことによって、たまたまひとりの青年にかかわる史料が集められたが、その史料によって、(満年齢で)一三歳で明治維新、一六歳で廃藩置県、そして二〇歳代で西南戦争を体験するという、「時代の変革期がその青春期と重なっている」ひとりの青年の姿を浮き上がらせる。明治中期――一八八〇年代のひとりの青年の足跡と煩悶とを記し、彼の引き起こした出来事にいたるのである。

富岡さんが、津田が西南戦争の体験者であることに力点を置くのは、あらたに発見された津田の書簡の解読を通じてである(近年、津田の書簡五三通が発見され、すでに知られていた書簡とあわせ、その翻刻が『大津市歴史博物館　研究紀要』第一一号、二〇〇四年、に橋爪修氏の解題を得て掲げられた)。

そこを手がかりに、富岡さんは、あらためて津田三蔵像を語りはじめる。三蔵は、津藩の藩医の次男で、藩校で漢学の教育を受け、それなりに達筆でもある。しかし、維新の政策のなかに巻き込まれ、新政府の兵士の一員として、東京鎮台に配属され、一揆の「鎮圧」などに加わらされる。除隊を願いながら、なかなかかなわず、ついには西南戦争にも従軍し、左手に弾が貫通するという負傷をしてしまう青年として描き出される。

加えて、三蔵には家庭的にも負担がかかる。長男である兄の行動が落ち着かず「困り者」であり(長男もまた、「時代の変化」に翻弄された青年と、富岡さんは見ている)、三蔵は戸主となり、そのために「病がち」の母と弟妹に対する責任感を有する、家族思いの青年でもあったことが、書簡の解読を通じて記されていく。ようやく除隊をして巡査となるが、不本意な環境であり、落魄の意識を持ち、鬱屈しており、上役とトラブルを起こすなどして免職の経験もしている。結婚して、三人の子が生まれるが、長女は早くに亡くしている。

このようにたどってくると、富岡さんの津田三蔵への視線は、あらかじめ歴史と国家の大枠のなかで彼を位置づけようとする歴史家、そして歴史文学者のものとは大きく異っている。『湖の南』では、司馬遼太郎『坂の上の雲』(一九六八―七二年)をとりあげ、そこでの津田三蔵像(「思想的狂人」と司馬は記している)に対して、真正面から異論を唱えている。この富岡さんの批判的な射程には、(司馬に止まらず)そうそうたる男性歴史小説家たちと歴史家たちも、また含まれているであろう。西南戦争での「死者」たちが、三蔵の脳裏にあり、そのことが皇太子への殺傷にかかわるというのが、富岡さんの解釈となっている。あわせて、三蔵が述べる(皇太子殺傷の動機は)

「自分ナガラ分ラヌ」との表白にも着目している。

『湖の南』というタイトルは、いかにも柔らかい。『湖の南』では、国家を真中に置くこわばった歴史とは異なる、柔らかな歴史が、大津事件を介在させながら記されることとなった。

「大きな物語」の終焉が言われて久しい。国家という「大きな物語」にまとわりつく歴史学(および歴史小説)は、そのなかで苦悶をしている。このとき、富岡さんが、柔らかな歴史として描き出すのは、明治期の社会の深淵である。一九世紀末の日本社会――明治期の社会のありよう、そして人びとの生きざまを、ひとつの事件とそれにかかわった人物を軸に記していく。錘を下げるように、津田の残した書簡群を手掛かりとしながら、人間関係の束としての明治社会を繊細に読み解いていくのである。

興味深いのは、ロシア皇太子が日本を離れた翌日に、京都府庁前で自殺し、「烈女」と呼ばれた畠山勇子に、富岡さんがまったく言及していないことである。大文字の歴史に殉じた人物には、関心を払っていない。このことは、三蔵が皇太子に切りつけたことに攘夷を見出そうとする解釈を斥けることと、符牒を合わせている。なるほど、負傷した皇太子の平癒を祈念し、山形県のある村で「三蔵」の名前を忌避する条例を決議した、などのエピソードは記される。しかし、このときには「当時のシモジモ」の心情——「日本人の自主的協力ぶり」として扱われ、こうした現象に過剰な意味付与はしていない。ここに政府と国民の「卑屈」を指摘することは、忘れていないのだが。

史料の読み方も、調書に沿うことを富岡さんは斥けている。調書は、三蔵の「公的な「「声」の記録」としつつも、ここからは「「犯人」以前の津田三蔵もその「動機」もよくわからない」とする。調書は、「犯人」に対しての尋問であるとし、「「動機」が訊問によって再構成されていく」との見識を示している。

事件の再構成を図るのではない、歴史の語りがここに浮上する。「事件」を連ねる歴史ではなく、人が生きた軌跡を追体験する歴史である。その歴史のために、書きとめられた声は、発せられた声とは異なると、史料の読み方に神経を集中していく。

4

『湖の南』は、物語が進行するにつれ、〈いま〉の社会における、いささか暴走しそうな男性と、三蔵の人物像が往還する展開となる。しかも、大津に居を移した「わたし」は、津田三蔵に関心を持ち、三蔵の書簡とニコライの日記を読みはじめることともなる。さきに記したように、三蔵の書簡が発見され、これまで知られていた書簡とあわせ活字化されたこと、また、ニコライ二世の日記も、翻訳刊行された(保田孝一『最後のロシア皇帝　ニコライ二世の日記』一九八五年、一九九〇年)ということが対応している。このくだりが書き込まれることによって、語りの構造は複雑になるが、さらに、物語が展開していった14章以降は、突然「わたし」のもとに届く、不可解な手紙にかかわる物語がつけ加わる。不可解な家政婦(「Eさん」)も登場する。

「旅人《タビト》」(「タビト」とも記される)と仮に「わたし」が名づけた(「電気屋の息子」と自称する)男性は、意図のよく判らない「薄気味悪い」手紙を一方的に送りつけてくるが、「わたし」は、それを思わず読み込み、あれこれの解釈が施される。こうした〈いま〉のことを描く章と、大津事件を描く章とが、当初は書き分けられていたが、次第にひとつの章のなかに二つの要素が入り込んでくる。皇帝となってからのニコライに関し、「霊能者」ラスプーチンも登場させながら書き留められるなか、その記述が「旅人」の手紙と重ねられる。三蔵の妻をはじめ、家族にも言及するが、いつのまにか「旅人」の家族と比較されてしまう。

過去のことを扱っていた『湖の南』は、現在における人の持つ闇の深さをもあわせて描き出すようになっていく。世紀をこえた津田三蔵——現代における三蔵を、「旅人」は想念させる。「不快感と不安」を感じさせつつ、いまだ事件に至っていない、というのが「旅人」の事例であった。三蔵との距離は、ほとんどない。

こうして浮上してくるのは、報われない中年男性や女性や、家族のありようであり、「庶民」や「大衆」の姿」である。「わたし」は否応なく「旅人」につき合わされるなか、「民衆」「人民」、あるいは「われわれ階級」をも含めた、人びとの呼び名――集合化の仕方に直面し、その観点からあらためて人間関係の束に向き合うこととなる。

大津事件に関しては、大審院の判決後、三蔵が北海道釧路集治監に収監され、そこで死亡したことまでが記され、必要な事項はすべて書き込まれている。しかし、富岡さんの叙述は、大津事件を描きつつ、事件から離れ、事件を介在させながら明治社会の深淵とその闇とを描く。過去の事件を扱いながら、〈いま〉の社会の闇に迫り、過去の社会を描くとともに、〈いま〉の私の身辺の事象を記している。それらが重なり合い、連想があらたな連想を呼ぶことが記されるが、歴史とは、かかるものであるということが富岡さんによって提示されている。

三蔵が、犯行前までは「フツーのひと」だが、事件後には「生まれつきの凶徒」とされ、判決後には「まだ生きている「犯人」」として扱われるというくだりは、事後からすべてを描き出すという歴史の語りへの痛烈な批判である。事前と事後――そのことによって、認識と解釈が変わってしまうことへの異議申し立てである。富岡さんによる歴史の語りの実践と歴史への接近は、これまでの歴史叙述へ厳しい批判であった。柔らかなタイトルを持つ作品であるが、なんとも挑戦的な作品である。

なお、原本には「大津事件異聞」という文言はなく、現代文庫版にはじめて付せられた。

（日本女子大学教授、日本近現代史）

本書は二〇〇七年三月、新潮社より刊行された。

湖の南――大津事件異聞

2011年10月14日　第1刷発行

著　者　富岡多恵子《とみおかたえこ》

発行者　山口昭男

発行所　株式会社　岩波書店
〒101-8002 東京都千代田区一ツ橋2-5-5

案内 03-5210-4000　販売部 03-5210-4111
現代文庫編集部 03-5210-4136
http://www.iwanami.co.jp/

印刷・精興社　製本・中永製本

ISBN 978-4-00-602192-4　　Printed in Japan

岩波現代文庫の発足に際して

新しい世紀が目前に迫っている。しかし二〇世紀は、戦争、貧困、差別と抑圧、民族間の憎悪等に対して本質的な解決策を見いだすことができなかったばかりか、文明の名による自然破壊は人類の存続を脅かすまでに拡大した。一方、第二次大戦後より半世紀余の間、ひたすら追い求めてきた物質的豊かさが必ずしも真の幸福に直結せず、むしろ社会のありかたを歪め、人間精神の荒廃をもたらすという逆説を、われわれは人類史上はじめて痛切に体験した。

それゆえ先人たちが第二次世界大戦後の諸問題といかに取り組み、思考し、解決を模索したかの軌跡を読みとくことは、今日の緊急の課題であるにとどまらず、将来にわたって必須の知的営為となるはずである。幸いわれわれの前には、この時代の様ざまな葛藤から生まれた、人文、社会、自然諸科学をはじめ、文学作品、ヒューマン・ドキュメントにいたる広範な分野のすぐれた成果の蓄積が存在する。

岩波現代文庫は、これらの学問的、文芸的な達成を、日本人の思索に切実な影響を与えた諸外国の著作とともに、厳選して収録し、次代に手渡していこうという目的をもって発刊される。いまや、次々に生起する大小の悲喜劇に対してわれわれは傍観者であることは許されない。一人ひとりが生活と思想を再構築すべき時である。

岩波現代文庫は、戦後日本人の知的自叙伝ともいうべき書物群であり、現状に甘んずることなく困難な事態に正対して、持続的に思考し、未来を拓こうとする同時代人の糧となるであろう。

（二〇〇〇年一月）